Naoto & Masaki
「攣哀感情」

唇を軽く啄むように、キスをする。尚人の四肢から強張りが抜けるまで。脅かしてしまった分を、尚人が好きな甘いキスで帳消しにする。
それで、ようやく尚人がおずおずと自分からキスを返してくるようになると、雅紀は片頬で薄く笑った。
「……ナオ。二人っきりのときに、よその男の話はするな」

（本文P.237より）

Chara

攣哀感情

二重螺旋3

吉原理恵子

キャラ文庫

この作品はフィクションです。
実在の人物・団体・事件などにはいっさい関係ありません。

目次

口絵・本文イラスト／円陣闇丸

《＊＊＊プロローグ＊＊＊》

「おじいちゃん、おばあちゃん。おはよう」

「おはよう、沙也加《さやか》」

「うむ。おはよう」

一日の始まりは、きちんとした朝の挨拶《あいさつ》から。

平良《たいら》市清原《きよはら》にある加門《かもん》家の朝は、日々変わりなく穏やかだった。いや——ようやく日常の平穏に慣れてきたというべきだろうか。

複雑な家庭事情から、篠宮《しのみや》沙也加が母方の祖父母の家に身を寄せてから早五年。当時、中学三年生だった沙也加も大学生になった。

「あ……おばあちゃん。今日は晩ご飯、いらないから」

一汁二菜。毎日の定番である簡素な和朝食に箸《はし》を伸ばしながら、思い出したように沙也加がそれを言う。

「友達と、約束でもあるの？」

「うん。サークル仲間とね」

「はいはい。楽しんでおいで」

「沙也加、小遣いは足りているか？　足りないようなら、おじいちゃんが……」

「大丈夫。ちゃんと、アルバイト代が入ったから」

世間的に見て、祖父母は例外なく孫には甘いものだが。加門の祖父母は他のどの孫よりも、特に沙也加には甘い。

美人で、しっかり者で、頭も良い。要するに自慢の孫なのだ。

内孫・外孫の中で唯一、沙也加だけが自分たちと同居しているせいもあるが。それだけに、二人は沙也加が不憫《ふびん》でならなかった。

両親がいて、兄弟がいて、明るい笑い声が絶えない家庭。かつての篠宮家を見知っているだけに、祖父母にとっての喪失感も大きかった。

沙也加の成長ぶりに眼を細めながらも、二人にとっては娘である沙也加の母――奈津子《なつこ》を結果的に自死させてしまったという根本的なところでの傷はいまだに癒《い》えない。

なぜ、もっと早く……。

どうして、あんなことになる前に……。

繰り言でしかないその想いは、五年経った今でも消えることはない。

そんな祖父母の唯一の安堵《あんど》と誇りは、環境がどうであれ、沙也加が変に歪《ゆが》まずにきっちりと自分自身を確立していることであった。

「アルバイトもいいが、あまり無理はせんようにな」

「やぁね、おじいちゃん。今どき、大学生のバイトは常識よ？」

悠々自適――とは言い難い年金暮らしの祖父母には、これ以上、金銭面での負担はかけたくない。

沙也加には将来、やりたい夢がある。そのために、大学で勉強できることはきっちり学びたい。

高校時代は祖父母に甘えさせてもらったが、大学生になったら、自分のことは自分でできるだけ何とかしたいのだ。だから、奨学金制度はきっちり限度額まで利用したし、アルバイトの掛け持ちも苦にはならなかった。

沙也加には、沙也加の譲れない意地もあればプライドもある。もちろん、祖父母に対する感謝の気持ちは最大限に……。

「そりゃ、まぁ、そうだろうが……」

「ありがと、おじいちゃん。あたしは大丈夫」

にっこり笑って沙也加がそれを口にすると、祖父はそれ以上何も言わなかった。

――と、そのとき。

加門家では朝の時計代わりにつけっぱなしにしてあるテレビのモーニングショーの司会者が

言った。
《次のニュースは、自転車通学の高校生ばかりを狙《ねら》った悪質な暴行事件の続報です》
その瞬間。和やかだった加門家の食卓が、にわかに緊張した。
《被害者の中に、人気モデルのＭＡＳＡＫＩさんの弟が含まれていることは先日お知らせいたしましたが。そのＭＡＳＡＫＩさんご本人のインタビューが取れましたので、ご覧ください》
（お…兄ちゃん？）
そんな話は何も聞いていない。
それを思って思わず祖父母を見やると、二人とも寝耳に水……だったのか、唖然《あぜん》としたままだ。
沙也加も、祖父母も、息を呑《の》んでテレビの画面を凝視する。
《今回、世間を騒がせている連続暴行事件の被害に遭われたのが弟さんだということですが。ＭＡＳＡＫＩさん、それについての今のお気持ちは？》
《非常な憤りを覚えます》
無神経に突きつけられたマイクの束にも顔色ひとつ変えることなく、冷静に。だが、沈着というには激しい怒りを隠そうともしない兄――雅紀《まさき》の、コアなファンの間では『インペリアル・トパーズ』と呼ばれる琥珀《こはく》の眼差しに、沙也加は、心臓を鷲掴《わしづか》みにされたような気がした。
父方の曾祖父《そうそふ》が外国人だったという先祖返りの血が色濃く出た雅紀は、実の兄妹弟《きょうだい》であるにもかかわらず、誰にも似ていない異相だった。

単なる神様の悪戯《イタズラ》なのか。

それとも。ＤＮＡの為せる奇跡、なのか。

異相は異相だが。雅紀の場合、それがプラスになっても決してマイナス要因にはならない美《び》貌《ぼう》——だった。

優しくて、頼りがいがあって、長身な上に超絶美形な雅紀は、沙也加の自慢の兄だった。あの日、までは……。

《弟さんの容態は、いかがです?》

《今のところ、安定しています。ですので、この先、病院側及び弟とその学校関係などへの皆さんのご配慮をぜひ、お願いしたいと思っています》

目線は一点に据えたまま真摯《しんし》に訴える雅紀の硬質な美貌が、ほどよく抑制のきいた美声が、眼に耳に……痛い。まるで、沙也加の知らない他人のようで……。

沙也加にとって見慣れたはずの日常が、突然、思いもしない非日常に取って代わった運命の——あの日。

『イヤぁぁッ、さわらないでッ！　おかあさんも……お兄ちゃんも——汚いッ！』

激情にまかせて吐き捨てた。

——瞬間。沙也加は、大好きだった兄を永遠に失ってしまったのだ。

誰もが羨《うらや》む自慢の兄の美貌を好きなときに好きなだけ堪能できる至福も、どこまでも甘やかで耳触りの良い声で自分の名前を呼ばれる喜悦も……何もかも。

こぼれ落ちてしまった水は元には戻らない。

投げつけてしまった言葉は、消えない。

沙也加にとって、それは、悪夢よりも重い現実だった。

《暴行犯である加害者の少年に対して、おっしゃりたいことは？》

《ゲーム感覚で人の命を弄《もてあそ》ぶような奴の言い分など、一切聞きたくありません。未成年であろうがなかろうが、自分のやったことの責任はきっちり取ってもらいたいと思います》

《その少年を、ＭＡＳＡＫＩさんが殴りつけた――との情報もありますが。それは、事実ですか？》

「……ウソ」

半ば無意識に、その言葉が沙也加の口からこぼれ落ちる。

雅紀が――誰にでも礼儀正しくあの優しい兄が『人を殴る』ということが、沙也加には信じられなかった。

何かの間違いに決まっている。でなければ、誰かが……トップモデルとしての雅紀を妬《ねた》んで陥れようとしているのだ。

――そうとしか、思えなかった。

だが。

《——事実です》

片眉《かたまゆ》ひとつひそめられることなく雅紀本人の口から語られたその言葉が、沙也加を打ちのめす。

（なん…で？）

どうして……？

（尚《なお》——のため？　お兄ちゃん……尚のために、人を殴ったの？）

雅紀が暴力をふるうという行為自体、沙也加には信じがたい驚きだったが。それが、尚人《弟》のための怒りの鉄槌《てっつい》なのだという事実に沙也加は愕然《がくぜん》とした。

信じられない。

——信じたくない。

雅紀が人を殴ったことも。その理由も……。

《それは、トップモデルとしてのあなたのイメージダウンというか……非常に軽率な行為であったと思われますが。その点については、いかがですか？》

容赦のないツッコミ——穿《うが》った見方をすれば、ある意味、

『この美貌の青年が慌てふためく様を見てみたい』

——的な、底意地の悪い追及にも聞こえないことはない。

けれども、雅紀は。傍観者の論理も赤の他人の正義も、そんなものはどうでもいい……とばかりに、

《ひとつ間違えば命にもかかわる無惨な形《なり》で弟がベッドに寝かされているのに、その暴行犯は自分のやったことを猛省することもなく、それどころか、傲岸不遜《ごうがんふそん》な態度を隠そうともしない。それを目の当たりにして冷静でいられるほど、私は人間が出来ていませんので。殴ったことが悪いといわれるのであれば、その叱責《しっせき》は甘んじて受けますが。私は、殴ったことを後悔などしていません》

淡々と、バッサリ――切り捨てた。

その一片のためらいもない口調の確かさに沙也加が言葉もなく固まっているうちに、画面は切り替わってしまった。

《……というわけで。昨日行われた、カリスマ・モデルのMASAKIさんの会見の様子なのですが……。コメンテーターの皆さんは、どう思われましたか?》

《いやぁ……何ともアッパレというか。見ていて惚《ほ》れ惚れしちゃいました、僕》

《ホント。半端じゃない美形がハンパでない正論を口にすると、なんか、ものすごぉぉく説得力がありますよねぇ》

《だからって、暴力はいかんでしょ。暴力は……》

《でもぉ、あれって身内の本音じゃないですかぁ?》

《ＭＡＳＡＫＩが何発殴ったのかは知りませんけど、気持ちはわかりますよね》
《やられたらやり返せ。それじゃあ、ダメなんだって。歯止めがなくなってしまうでしょうが。特に、ＭＡＳＡＫＩみたいなカリスマ・モデルなら、言動にはもっと慎重になるべきだと思うな》
《そうかなぁ……。正直言って、僕、今まで彼のことはちょっと苦手だったんだけど。ほら、彼って、あまりにも美形すぎて近寄りがたいっていうか……》
《あー、それってアレでしょ？　おまえら、俺様の前では跪《ひざまず》きやがれぇ……のオーラ垂れ流し》
《ハハハ、上手《うま》いこというなぁ》
《まぁ、黙って立ってるだけで威圧感はあるよねぇ。骨格からして我々とは人種が違う……みたいな》
《完全無欠の八頭身？　顔が小さくて足が長いから、下手《へた》すると九頭身くらいには見えちゃう。まったく羨ましい限りですよ》
《だから、そういう完璧主義者みたいなイメージだったＭＡＳＡＫＩが、弟のために我を忘れて暴行犯をボコるっていうのが、ちょっと新鮮な驚きだったわけ》
《でも、あたし。今回のことで、ＭＡＳＡＫＩに高校生の弟がいるの、初めて知りましたぁ。彼のプロフィールって、けっこうミステリアスなんですよぉ》

《へぇー、そうなの？》
《そうなんですぅ。MASAKIってぇ、プライベートは絶対に公表しないのがウリなんですよぉ》
《カリスマ・モデルのプライベートかぁ。ちょっと、興味あるな》
《そうそう。両親のどっちがどこの国の出身だったら、あんな超絶美形が生まれるのか？……とか、ね》
それぞれが、好き勝手に持論をブチ上げる騒々しさにワイドショー的な覗《のぞ》き見主義がまじりだしたところで、祖父が無言でテレビのスイッチを切った。
赤の他人事であれば、コメンテーターの言い分も気にはならないが。身内事であれば、話はまったく違ってくる。リアルに生々しくて、とても聞いてはいられない。
すると。祖母が、ボソリ……と言った。
「尚くんだけでも大変なのに、雅紀ちゃん……大丈夫なのかねぇ」
ただの一般人ならば、たぶん、ここまで騒ぎは大きくはならなかっただろう。祖父母も、まさか、雅紀がこんな形でテレビに出ることになるとは思いもしなかった——というのが本音である。
——いや。
実際の話。今回の事件のことは、あらまし、雅紀からは電話で連絡を受けてはいたが。祖父母はまだ、尚人《なおと》の見舞いにも行っていない。

祖父母の心情としては、すぐにでも病院に駆けつけたかったが。雅紀に、

「悪いんだけど、ナオが落ち着くまで見舞いは遠慮して欲しい」

そう言われたのだ。

事件が世間を騒がせている連続暴行事件絡みということもあり、病院には警察やら報道陣やら芸能レポーターやらが詰めかけ、連日、大変な騒ぎになっているらしい。

雅紀は尚人が落ち着くまで——と言ったが、どうやら、雅紀の本音は加熱するマスコミに私生活を踏み荒らされたくないのだろう。

祖父母としても、尚人の様子は気になるが、マスコミにもみくちゃにされるのは御免被りたかった。

ましてや。カリスマ・モデル『ＭＡＳＡＫＩ』のプライベートを覗きたがるコメンテーターの話を聞いていて、その思いはますます強くなった。

『ＭＡＳＡＫＩ』の私生活が暴かれるということは、とりもなおさず、篠宮家のスキャンダルが暴露されてしまうということである。

他人の不幸は蜜《みつ》の味。

そんなことになれば、マスコミはこぞって、おもしろおかしく垂れ流しにするだろう。知る権利——とやらを振りかざして。当事者の痛みも想いも生活も、何もかもお構いなしに……。

雅紀としても、自ら好んでテレビなどには出たくなかったはずだ。それが、ああいう形で会見をしなければならなくなったのは、そうしなければ収まりがつかなくなったからだろう。

――と、同時に。祖父母は、今更のように懸念せずにはいられない。今回のことで、ようやく日々の穏やかさを取り戻しつつある日常が、また、別の意味でささくれ立ってしまうのではないかと。

「雅紀なら、大丈夫だ。あの子は、本当にしっかりしているからな。この間の電話でも、心配ないって言ってたじゃないか」

ことさらに、祖父は強調する。あたかも、祖母と沙也加の不安を払拭《ふっしょく》させようとでもするかのように。

雅紀に対する祖父母の信頼は厚い。

高校生の頃から、家族を捨てて愛人に走った父親の代わりに篠宮家を支えてきたのは雅紀だ。将来を嘱望《しょくぼう》されていた剣道もやめ、大学進学もせず、家族のためにひたすら頑張ってきた雅紀がいたからこそ、妹弟は道を踏み外さずにすんだ。祖父母は、それを信じて疑わない。

そんな祖父母にとって唯一心配の種が尽きないのは、いまだに引きこもりの不登校を続けている末弟――裕太《ゆうた》のことだけだった。

なのに。誰も、何の心配もしていなかった尚人がこんな事件に巻き込まれてしまった衝撃は大きかった。

「それは、そうなんですけど……。でも、どうしてあの子たちばっかり、こうも災難が降りかかってしまうのかと思うと……。あたしは、もう……」

祖母は、思わず涙ぐむ。今では滅多に会えなくなってしまった雅紀の顔を思いがけずテレビで見て、積もり積もったものが一気に堰《せき》を切ってしまったかのように。

「それも、これも、みんな慶輔《けいすけ》さんが……」

「やめなさいッ。沙也加の前で、あの男の話はッ」

一喝する祖父の口調は苦り切っているというより、どこか刺々《とげとげ》しかった。祖母が孫たちの父親の名前を口に滑らせてしまったことで、いまだに収まりきれない憤怒が再燃してしまったのかもしれない。

沙也加たちにとっては血の繋《つな》がった親だが、祖父母にとってみれば、娘を死に追いやった憎い他人《男》だ。

「いいのよ、おじいちゃん。今更、あの人のことなんてどうでもいいんだから」

「沙也加……」

祖父には、それが沙也加の強がりに聞こえたかもしれないが。

(ホントに、もう、関係ないんだから。あんな奴)

沙也加の中で、父親はすでに切り捨てられた存在だった。実際、祖母がその名前を口にするまで思い出しもしなかった。

喉《のど》が灼《や》けるような怒りも。

身体の芯《しん》が軋《きし》るような悲しみも。

眼底が煮えたぎるような憎しみも。

父親が自分たちを捨てて篠宮の家を出て行ってしまったときに、すべて吐き出してしまった。

あとはもう、燃え滓《カス》しか残っていない。

沙也加にとって父親とは、すでに過去の汚点《モノ》だった。

有ったことを無かったことにできないのなら、この先、二度と自分の視界の中に入ってこなければそれでいい。

あんな最低極悪な父親にいまだにグズグズとこだわり続けているのは、たぶん……裕太くらいなものだろう。

父親に溺愛《できあい》されていたという過去にどっぷりと浸かって、その幻想からいつまでたっても抜け出せない——弟。

可哀相だと思ったのは、最初のうちだけ。

末っ子の特権であるかのように、甘やかされて我慢することを知らずに育ったヤンチャも、荒れて手がつけられなくなってしまうと目に余った。

見ていると、イライラした。

世の中で自分が一番不幸だと言わんばかりのスネた態度に、ムカムカした。

父親に捨てられた現実は動かない。だったら、その想い出ごとドブに投げ捨ててやればいいのに、自己憐憫《れんびん》の殻に閉じこもったまま立ち上がろうともしない。そんな甘ったれた根性に、我慢がならなくて……。

『あんたって、ほんと、いつまでたっても「お子様」なのね。そうやってダダこねまくって、ひっくり返って泣きわめけば、どうにかなるとでも思ってんの？　バッカみたい。いつまでも、グダグダ甘ったれてんじゃないわよッ。男なら、あたしたちを捨てていったあいつを見返してやろうぐらいの根性見せなさいよッ！　あんたがクズの落ちこぼれになるのは勝手だけど、あたしたちの足まで引っ張らないでよねッ』

怒鳴った。

それで、逆ギレしてしまった裕太と取っ組み合いの大喧嘩《おおげんか》になって突き飛ばされ、頭を切った。沙也加自身、テーブルに頭をぶつけたときは一瞬クラッとしたが、まさかあんなに血が出るとは思わなかった。

『沙也姉、沙也姉、大丈夫？　目ぇ、開けてぇッ』

頭の上で尚人は泣きわめくし、薄目を開けた視界の中の裕太は顔面蒼白だった。

結局。救急車で病院に運ばれる羽目になり、沙也加は、それが原因で加門の家に押しやられた。

『沙也加も、その方が落ち着いて受験勉強ができるだろ？』

雅紀が、そう言ったからだ。

嫌だった。

行きたくなかった。

雅紀と——離れたくなかった。

家を出されるのが、なぜ自分でなければならないのか。沙也加には、どうしても納得がいかなかった。

自分と裕太のどちらかだというのなら、バカなことばかりやって家族を傷つけることしかできない、役立たずなお荷物の裕太を加門にやればいい。

沙也加は、心底そう思った。

そう……。

裕太が行けばよかったのだ。

そしたら。

……そしたら。

あのとき、裕太ではなく沙也加が篠宮の家に残っていたら、きっと……あんなことにはならなかった。

自分が篠宮の家にいさえすれば、あんな間違いは起こらなかった——はずなのだ。

それを思うたびに、沙也加は、後悔と苦渋と痛憤で身体の芯がズキズキと痙《ひきつ》れそうになる。

「だけど、雅紀ちゃんも、もう少しウチを頼ってくれてもいいのに……。裕太ちゃんだって、相変わらずの引きこもり状態だっていうし。その上、尚くんがあんなことになってしまったら、きっと女手がいると思うのよ? ねぇ、沙也加?」

その瞬間。

胸の奥が……ズキリとした。

キリキリと熱をもって、心臓がズクズクと疼《うず》いた。

「でも、おばあちゃん。あたしたちが篠宮の家に行っても、きっと……ダメよ。裕太なんか、ますます殻に閉じこもっちゃうに決まってるもの」

「そうは言うけどねぇ、沙也加」

「前に、裕太が栄養失調で病院に担ぎ込まれたとき、ウチでも篠宮《むこう》のおじいちゃんの方でも、みんなしてお兄ちゃんと尚のこと責めたじゃない?」

「あ…あれは、だから……」

加門の祖父母にとっても、あれは苦い失態だった。

娘に続いて裕太も喪《うしな》ってしまうのではないかと思ったら、頭に血が上って。誰かを悪者にして、ヒステリックに喚《わめ》き散らさなければいられなかったのだ。

当時、中学生だった尚人は両家の祖父母に責め立てられて唇まで真っ青になり、今にも倒れてしまいそうだった。

沙也加は、どうせまた裕太がバカなことをやっただけで、それが尚人のせいではないことはすぐにわかった。祖父母たちが思い込んでいるほど裕太が可愛《かわい》い性格をしているわけではないことを、沙也加はよく知っていた。

両家の祖父母は、甘ったれでヤンチャな末っ子が可愛くてしょうがないのだ。荒れに荒れて手がつけられない問題児に成り下がったことを可哀相だと言い、不登校の引きこもりになってしまったことを不憫だと歎《なげ》く。

その当時から、沙也加は、祖父母たちの裕太に対する目には『溺愛』という名のフィルターがかかっているのだと思った。だから、何をやっても、裕太は許されて愛される。

それがときには腹立たしくあっても、贔屓《ひいき》だのなんだのと愚痴るほど沙也加のプライドは低くはなかった。

だが。裕太がバカなだけで尚人の責任などではないことを知っていながら、沙也加は、祖父母に詰《なじ》られる尚人を庇《かば》ってはやらなかった。尚人が雅紀に言われて沙也加にずっと隠し事をしていたことが、どうしても許せなかったからだ。

尚人も、裕太も、その存在自体が沙也加の感情を逆撫《さかな》でにする。

自己主張の強すぎる沙也加と裕太の間に挟《はさ》まれても変に萎縮《いしゅく》したりしない尚人のおっとりとした性格が母親譲りなのだと思うと、それだけで拒絶反応《アレルギー》が出る。

自分のことしか考えていないのに無条件で愛される裕太が、癇《かん》に障る。

性格のまったく違う二人の弟が、沙也加は嫌いだった。

疎《うと》ましかった。

邪魔だった。

いっそ、消えてなくなればいいのに……。

つい、そんなふうに思って。沙也加は、死にたくなるほど自分が嫌いになった。

「そのとき、あたし……ドアの外で聞いちゃったの。お兄ちゃん、裕太に言ってた。尚がやりたいことも部活もしないで一生懸命家事をやってるのに、引きこもってるだけのおまえが食べるものも食べないで病院に担ぎ込まれるんだったら、おまえはもう篠宮の家に帰ってこなくてもいいって……」

自分たちが子どもの頃からずっと診《み》てもらっているかかりつけの病院で、点滴に繋がれている裕太に投げつけられた雅紀の言葉。

下腹が、ズンと痺《しび》れるような冷たい口調だった。

雅紀のあんな怖い声――沙也加は初めて聞いた。

「加門でも、堂森《どうもり》でも、好きな方に行けって……。そしたら裕太、俺は絶対に篠宮の家を出て行かないって、喚いてた」

そうまでして、裕太が篠宮の家に固執するのは――なぜ？

それを思ったとき。沙也加は、もしかして裕太は、今でも父親が篠宮の家に戻ってくるのを心の底で待ち続けているのではないかと思った。

いや……。

それしか、思いつかなくて。

雅紀にも見棄《みす》てられたバカな弟が、ちょっとだけ可哀相になった。

「沙也加は……それでいいのかい？」

「ウン。……いいの」

今更、篠宮の家には帰れない。

いや。

——戻りたくないッ。

（だって……。だって、あそこで——あの家で、お兄ちゃんとおかあさんがセックスしてたんだからッ）

沙也加にとって、あの瞬間から、篠宮の家は何より忌まわしい場所になった。

（おかあさん……お兄ちゃんにしがみついてた。髪を振り乱して……ケダモノみたいな気色悪い声で、いやらしく悶《もだ》えてた……）

忌まわしい——記憶。

思い出すのも穢《けが》らわしい。

記憶の中から抹殺してしまいたいのに、その光景が瞼《まぶた》の裏に焼きついてしまって……消えない。

いったい――なぜ？

どうしてッ？

あんな穢らわしいモノを見せつけなければならないのか。

あれは、雅紀が母親を抱いていたのではない。母親が、息子を犯していたのと同じことだ。

ゾッ…とした。

気持ち悪かった。

吐きそうだった。

――だから。

だからッ……。

『おかあさんなんか、死んじゃえばいいのよぉおッ！』

心の底から、呪《のろ》いを込めて叫んだ。

頭の芯がグラグラ煮えたって。なのに、胸の奥底――心の芯は凍りついたように痺れたままで……。

沙也加の一番大切なモノをセックスで穢した母が憎かった。

憎くて。

――怨《うら》んで。

そして。母が死んだと聞かされたとき、沙也加の中で何かが……弾《はじ》けた。

弾けて、消えたのか。

――壊れたのか。

それとも。何かが、浸食したのか。

……巣くったのか。

沙也加には――わからない。

ただ、母が死んだ現実は真実で。それは、何よりも重かった。

(お兄ちゃんは、きっと……あたしがおかあさんを殺したんだって思ってる。あたしが『死んじゃえ』って言ったから。それで、本当におかあさんが死んじゃったから。だから、お兄ちゃんは……)

雅紀だけではない。尚人だって、たぶん、そう思っているだろう。

母と兄がセックスをしていた忌まわしい篠宮の家は、沙也加が呪って禁忌となり、母が自死して更に穢れた。

今更、帰れない。

二度と――戻れないッ。

絶対に……近寄りたくないッ！

それは、篠宮の家に、今も母親の影が染みついているような気がする——からではない。雅紀に……兄に会うのが怖いのだ。

（テレビの中のお兄ちゃんの……怒りを押し殺してるみたいな金色の冷たい目。あんな目で見られたら、あたし——もう、死んじゃう……）

それだけが、沙也加の真実だった。

《＊＊＊カリスマ＊＊＊》

新進気鋭のデザイナーが一堂に会す『ガリアン』のメンズ・モード・コレクション。

その会場となるメイビル・ホールでは、週末の本番を目指して音響関係を含めた念入りなリハーサルが行われていた。

今回、雅紀がメインで着るのは『Ｒｙｏ　Ｆｕｋａｓａｗａ』の新作だった。

立ち位置。

ウォーキング。

ポージング……。

本番さながらにステージを闊歩《かっぽ》してリハーサルを終え、控え室に戻ると。まだウォーキングの腰もきっちりと決められないような新人モデルたちが入口近くで屯《たむろ》って、興奮したように騒いでいた。

「なぁ、なぁ、見た？『アズラエル』の加々美蓮司《かがみれんじ》が来てたぜ」

耳に馴染《なじ》んだその名前に、一瞬、雅紀の関心が向く。それで、雅紀の歩みが止まることはなかったが。

「おう、見た見た。相変わらず、スゲー存在感だよな」

「ド派手なオーラ、垂れ流し」

（加々美さん、イタリアから戻ってきたのか？）

彼らは雅紀が戻ってきたのも気にせず、いや、それを意識して——だろうか。ことさらに、加々美を持ち上げて褒《ほ》めそやす。

ライバルを蹴落《けお》とすのは『常識』で、肉体関係で仕事を取れれば『ラッキー』であり、実力と経験以上に『コネ』と『運』がモノを言う……などとまことしやかに囁《ささや》かれているこの業界にあって、加々美蓮司ほどスキャンダルとは無縁の王道をいくカリスマを、雅紀は知らない。

今年三十歳になる加々美の知名度と経験値に比べれば、二十二歳の雅紀ですらがただのヒヨッコだ。

ただし、同じヒヨッコでも、まるで当てつけがましく加々美の名前を口にする新人と雅紀の違いは、愚痴る場所と相手を限定しているか——否か、だろう。

広いようでも、業界は狭い。

天に向かって唾《つば》を吐けば自分の顔に落ちてくる。こっそり陰口を叩《たた》いても、巡り巡って自分に跳ね返ってくる。つまりは、そういうことである。

雅紀はサクサクと着替えを済ませて控え室を出て行く。その背後で辛辣《しんらつ》な捨て台詞《ぜりふ》が聞こえたような気もしたが、別段、雅紀は気にもしなかった。

雅紀はその足でホールに戻り、客席の中央あたりでどっかりと椅子《いす》に背もたれた加々美を見つけて歩み寄っていった。

「加々美さん」

突然の呼びかけにも動じることなく雅紀を振り返った加々美は、

「おう、雅紀」

鷹揚《おうよう》に片手を上げて応えた。

「どうも……。お久し振りです」

きっちり腰を折って、挨拶をすると。

「しばらくこっちを留守にしてる間に、おまえ、最近はすっかりスキャンダル・キング……らしいな」

ニマニマと笑う。彫りの深い端整な顔立ちなのにヤンチャ坊主がそのまま歳をくったような雰囲気の加々美には、そういう言い方がよく似合う。

いつ、イタリアから帰ってきたのかは知らないが。今回のスキャンダル騒ぎは、もしかしなくてもモロバレだったりするのだろう。

「周りが、好き勝手に騒いでるだけですよ」

今更、隠すつもりもない雅紀はクールに返す。

それでも。聞く者が聞けば、その口調がいつもよりは数段に柔らかいことに双眸《そうぼう》を瞠《みは》るかもしれない。

「知らなかったぜ。ネイティブな英語しゃべるからバイリンガルも当然の『half-blood』かと思ってたら、おまえ、超ド派手な先祖返りだったんだな」

マジで驚いた――と、顔に書いてある。

加々美と出会ったとき、雅紀は外国人の出入りが多いクラブでウエイター兼ピアノの生演奏をやっていたのだ。高校時代の友人である桐原和音《きりはらかずね》の叔父《おじ》がオーナーだった関係で、金銭的にもずいぶんと優遇してもらった。

校則の厳しい瀧芙《そうぶ》高校ではアルバイトは厳禁――夜の水商売など即退学モノだったわけだが、家庭の事情が事情だったこともあり雅紀は『特例』として黙認してもらった。

もちろん、その背景にはそれまでの雅紀の優等生ぶりと剣道部での華々しい実績がモノをいい、級友たちの真剣な嘆願があったのは言うまでもないことであるが。

高校生ということで、当然、年齢もごまかしていたが。オーナー以外は、誰も雅紀が未成年であるとは思わなかっただろう。後々に、加々美も雅紀の実年齢を知って露骨に驚いていたくらいだ。

「それが、篠宮家の不幸の始まり……ですか？　ゴシップ雑誌の見出しはどこもかしこも皆同じで、芸がないですけどね」

だから。雅紀の異相が原因で夫婦の仲に亀裂が入り、父親が愛人に走った。そういうことがまことしやかに書かれてあるのだ。

父親の不倫の真相など、雅紀は別に知りたいとも思わないが。もし、それが事実なら、雅紀のあとに子どもを三人も作ったりはしないだろう。

父親は、どうだか知らないが。少なくとも、母親は、父親のことを信頼し愛していたのだと思う。

でなければ、あんなふうには壊れてしまわなかったはずだ。雅紀を父親と間違えて、夜中にセックスを迫ってきたりもしなかっただろう。

「相変わらず、可愛げの欠片《かけら》もねーな。どこの誰とは言わないが、おまえの足の引っ張り甲斐《がい》がなくて、ギリギリ歯軋《はぎし》りしてる奴がゴロゴロいるんじゃねーか？」

「こんなことくらいで潰《つぶ》れるような仕事、してませんから」

軽口とも本音ともつかない加々美の言葉を、雅紀はさらりと受け流す。

モデルが雅紀にとって天職であるかどうかは、別にして。それだけは、自信をもって言える。何をやるにしろ、確固たるプライドがなければ身体ひとつで仕事などできない。

「まぁ、そんだけ大口叩けりゃ、この先、何があっても大丈夫だよな」

「なんだ。一応、心配してくれてたんですか？」

「そりゃ、おまえ。おまえをこの業界に引っ張り込んだ責任ってモンがあるだろうが」

「それは、もう、感謝感激雨あられ……です」

「あんまり、感謝されてるようには見えないんだがなぁ」

右頬《みぎほお》をぽりぽりと掻《か》いて、加々美はわずかに首を傾《かし》げる。

「――いえ。マジですけど」

「そぉか？」

「はい。加々美さんに声をかけていただいたおかげで、人並みに生活できるようになりましたから」

嘘《うそ》ではない。

加々美との出会いがあったから、雅紀は捨て鉢にならないでいられた。人生にプライドを持つことができた。人が人と出会う必然を信じることができた。

「何より、弟を手離さずに済みましたし」

それが、雅紀にとっては一番大事なことだった。そのこと以外は、どうでもいいと思えるくらいにはだ。

するとD加々美は、

「へぇー……」

まさか、そういう答えが返ってくるとは思わなかった――とでも言いたげに、雅紀をまじまじと見やった。

「なんですか?」

「——いや。怖いもの知らずを地で行くような男でも、やっぱり、心の支えってやつがあったんだなぁ……と思って。ちょっと、感動してたとこ」

口調は軽いが、目は笑っていない。加々美にとって、それは、本当に意外なことであったらしい。

（まぁ、あの頃の俺って最悪に荒《すさ》んでたっていうか……。バリバリに尖《とが》ってたからなぁ）

尚人に対する情欲を自分でも持て余していて、吐き出したくても吐き出せない。そんな苛立《いらだ》ちと自己嫌悪で身体の芯から腐れそうだった。

「誰にだって、ひとつくらいはあるんじゃないですか？　自分のプライドを引き替えにしても、絶対に譲れないモノが」

「おまえの場合は、それが『弟』なわけか?」

「——そうです」

なぜだろう。

加々美の前では、すんなりと吐露できる。それが、雅紀には不思議だった。

誰もが雅紀を『大人』として扱う。

しかし、加々美だけが年齢《とし》相応に見てくれる。

決してガキ扱いにはせず、同じ目線で軽口を叩き、茶化し、それでいて大人の余裕で雅紀を楽にしてくれる。だから——なのかもしれない。

「もう二度と、家族を失うのは嫌なので」

——違う。

雅紀にとって尚人は、何を引き替えにしても喪えない唯一のモノだ。

あのとき……。

尚人のクラスメートである桜坂《おうさか》から電話をもらったとき、雅紀は心底胆が冷えた。

それで、病院に到着して。今度は憤怒で頭が煮えくり返った。

「俺……弟が真っ青な顔で病院のベッドに寝かされているのを見たとき、マジでビビりましたよ。頭の芯がスッと冷えていく感じ……」

母親が死んだときですら、泣きはしなかった。自分でも思いがけないくらいに冷静でいられた。

なのに、尚人の頭に巻かれた包帯の白さと蒼白な顔色がやたら目に痛くて……。喉が灼け、足に震えがきた。

「あのクソ野郎を、本気で殴り殺してやろうかと思いましたから」

「おまえがその顔でそれを言うと、マジで洒落《しゃれ》にならねーな」

低く、ボソリと漏《も》らして。加々美は、ゆっくり足を組み替えた。

「けど、まぁ、なんだな。おまえが単なる『人間不信のエゴイスト』でないことがよぉぉくわかって、俺もちょっと安心したぜ」

そう言って、唇の端をほんの少しだけ吊《つ》り上げて笑う。加々美がごく親しい者にだけしか見せないその顔が、雅紀はとても好きだった。

「このあとは？」

「フリーです」

「ンじゃ、メシでも食いに行くか？」

「はい」

立ち上がった加々美の目線は、雅紀の上にある。

その差が、人間的にもモデルとしても加々美に追いつけない壁のような気がして。それが悔しさではなく、当然の事実として素直に受け入れることができる自分に、雅紀は唇の端でうっすらと笑った。

《＊＊＊予期せぬ訪問者＊＊＊》

鬱陶《うっとう》しい長雨も去り、ようやく梅雨《つゆ》明け宣言が出された――その日。

翔南《しょうなん》高校の放課後はそれまでの鬱屈したストレスが一気に爆発してしまったかのように、どこもかしこも、いつも以上に騒々しかった。

そんな中、いつものように定時下校の尚人は、あの連続暴行事件以来、学校内では『篠宮尚人の番犬』呼ばわりもすっかり定着してしまった感のある――むろん、面と向かってそんなことを口にする命知らずはいなかったが――桜坂一志《かずし》と連れ立ったところで、

「篠宮君。ちょっと、いいですか？」

立花《たちばな》教諭に呼び止められた。

（え…？　立花先生？）

二学年主任の立花がいったい何用だろうかと、尚人は足を止めざま、いつになくドギマギとしてしまう。

「……はい。なんでしょうか？」

「申し訳ないんだけど、このまま、校長室まで来てもらえますか？」

立花は高校の英語教師というより白衣の似合う研究者という風貌《ふうぼう》の優男で、誰が相手であっても——たとえ、それが格下の教え子であろうと、語り口はしごく丁寧だった。

威圧感ではなく、親しみやすさ。

馴《な》れ馴れしすぎない、適度な距離感。

キザな厭味《いやみ》っぽさなど欠片もない物腰の柔らかさが立花の人柄そのものを体現しているせいか、中年《オヤジ》と呼ばれる世代にしては、女生徒には圧倒的な人気があった。

もっとも。陰で『バナちゃん』呼ばわりされている立花が、それをありがたがっているかどうかは別にして。

「あの……それは、どういう……」

いきなりの校長室呼び出しに、尚人は戸惑う。それを告げに来たのが担任ではなく学年主任だというところに、何か含みがありそうで。

「ちょっと、君に頼みたいことがあるんですけど」

(——頼みたいこと？)

わずかに小首を傾げて、反芻《はんすう》する。

「校長室で、ですか？」

「そうです。まぁ、来てもらえればわかりますから」

「あ……はい」

なんとも要領を得ないまま、とりあえず頷《うなず》いて。尚人は、返す目で傍らの桜坂をチラリと見やった。

「じゃあ、俺は先に帰るから」

「ウン。じゃあ、ね。また明日」

「おう」

くっきりと頷いて、桜坂は尚人と立花の背中を見送る。

立花と尚人の身長はさほど変わらない。なのに、尚人は立花よりもずいぶん細い。あの事件の直後に比べればだいぶマシになったが、それでも、まだベストの体重には程遠いのがよくわかる。

もともと、華奢《きゃしゃ》ではないがほっそり感のあった尚人ではあるが。今は、冗談まじりに背中をバンッと叩いただけで吹っ飛んでしまいそうであった。

(篠宮に頼みごと……ねぇ)

それが何であるのか、桜坂には見当もつかないが。尚人によけいな負担を強いるのだけはやめてもらいたいと、思わずにはいられない。

(足もようやっと本調子に戻って、自転車通学《チャリ通》に復帰できたとこなんだからさぁ)

番犬というより、気分はすっかり保護者——である。

同級の、しかも同性相手に保護欲をかき立てられるのもどうかと思うが、気がついたらどっぷり嵌《ハマ》っていた。

それを自覚してしまうと、自己嫌悪にグダグダ頭を悩ませるより先に、

(まっ、今更か。どうせ、篠宮の番犬呼ばわりされてるしな)

さっさと開き直ってしまった。それが、よかったのか悪かったのか……桜坂にもイマイチよくわからないが。

きっかけは例の暴行事件だったが、本当の意味で桜坂の脳味噌《のうみそ》をざっくり抉《えぐ》ってくれたのは尚人の兄――雅紀だった。

暴行犯を前にしての、見かけの冷静沈着ぶりを裏切る容赦のないキツイ一発。

それもただの平手打ちではなく、警察官が見ているというのに拳骨殴りである。愕然としたというより、度肝を抜かれてしまった。

桜坂は空手をやっているので、日常の鍛錬の一環として、殴る、蹴るといった衝撃度がどの程度のものか一般人よりもはるかに実感できる。あれは、殴られた方はもちろん、殴った雅紀もかなり痛かったはずだ。

なのに、雅紀は顔色ひとつ変えなかった。それどころか、殴りつけた拳を更に硬く握り込んで物騒な殺気を垂れ流す様は、誰が相手であってもビビることなど滅多にない桜坂が一瞬総毛立つほどだった。

——只者じゃねーな。

そう思っていたら、やはりただのパンピーではなかった。

雅紀が武道校としては超有名な瀧芙《そうぶ》高校出身で、しかも、インターハイの団体と個人の二冠を達成した剣道の有段者であると知ったときは、さすがにため息しか出なかったが。

日本人離れした華麗な容姿に剣道というミスマッチ。

いや……。桜坂はカリスマ・モデルの『ＭＡＳＡＫＩ』である雅紀しか知らないから、そんなふうに思えるのかもしれないが。病院で感じた冷たく痺れるような殺気は——本物だった。

あのとき。バイクで逃げようとした暴行犯に体当たりを喰らわした桜坂が思わず我を忘れて本気で蹴りを入れたように、雅紀にしてみれば、素手で殴るよりも真剣で頭をかち割ってやりたい心境だったかもしれない。

どこから見ても半端《ハンパ》ではない美貌の男が冷静にブチキレるという現実を鼻先に突きつけられて、彼が、どれだけ尚人を大事に思っているか——それを思い知らされたような気がした。

激しすぎる、想い。

強固な兄弟の——絆《きずな》。

雅紀を見ていて感じたのは、それだ。

その源が何であるのか……。後日、篠宮家の家庭崩壊のシナリオが事細かに且つスキャンダラスに暴露されたことで、桜坂は否応なく知ることとなった。

目に映るすべてのことが現実《リアル》であるとは限らない。それは、家族とともに在ることがしごく当然のことであった桜坂にとって、ある意味、衝撃的なことであった。

何事にも自然体でガツガツしたところがなく、何でもソツなくこなす優等生。たぶん、裕福な家庭で、両親に愛されて育ったらあんなふうになるのだろう。

傍目《はため》にはそのイメージが定着していた尚人の家庭環境が、想像もつかないほどに劣悪悲惨なものであったことは記憶に新しい。

普段の尚人からは窺《うかが》い知れない過去を思いがけなく直視させられて、思うさま脳味噌をシェイクされたような痛みすらあった。

同情――というにはおこがましく、それでも、胸の芯がやたらジクジクと疼いた。

(しょうがねーよな。名指しで校長室に呼び出しじゃあ……。終わるまで待っててやるぜ、とは言えねーし)

言えば、尚人がよけいに気を遣うであろうことは目に見えていたので。

幼稚園児の頃から空手道場に通っていた桜坂は、図抜けた体格の良さと寡黙な硬派ぶりで周囲には一目も二目も置かれていたわけだが。もともと、他人事には興味も関心も薄かった。

それで何の不都合もなかったし、自分が浮いていることは知っていたが、そのこと自体はまったく苦痛でもなかった。共通の『輪』から落ちこぼれまいと群れることより、独りでいることの方が楽だった。

クラス替えがあっても、積極的にクラスに馴染みたいとは思わなかったし。クラスメートたちも、必要最小限しか声をかけてこなかった。

それが、桜坂にとっての『普通』だったのだ。

当然、強面《こわもて》しても機微には疎かった。

なのに、今はまったく違う。自分から率先して、尚人と関わりを持ちたがっている。その変わり様には、自分でも驚かされるほどだった。

二年生に進級して尚人とクラスメートになり、同時に七組のクラス代表委員に選出されなければ、尚人との接点すら持てなかっただろう。

それを思えば、偶然にしろ必然にしろ、尚人と関わりを持てた『きっかけ』に感謝したくなる桜坂だった。

つらつらとそんなことを思いながら廊下を歩いていると、不意に、

「よっ、桜坂」

背後から肩を叩かれた。

翔南高校広しと言えど、上級生でもビビる——と言わしめる桜坂相手に平気でそんなことができる豪傑は、たった一人しかいない。その強心臓の持ち主である中野大輝《なかのだいき》は、桜坂がわざわざ足を止めて振り返るまでもなく、すんなりと肩を並べてきた。

「なぁ、なぁ。学年主任の立花が、篠宮に何の用？」

（いきなり、それかよ）

半ば呆《あき》れて横目で中野を見やると、

「担任飛び越えて立花が直接出張ってくるんだから、やっぱ、それなりに大事《おおごと》？」

一抹の不安を、遠慮なくゲシゲシと踏みつけにしてくれた。

（やっぱ、こいつも、そう思うわけだ？）

桜坂が周囲に睨《にら》みをきかせる『番犬』ならば、さしずめ、中野は言いたいことをズケズケ吐きまくる『ご意見番』である。それでもってもう一人、飄々《ひょうひょう》とした軽めな『常識人』の山下《やました》広夢《ひろむ》がここに加わると、尚人を囲む完璧なトライアングル・ゾーンができあがって、他人が入る隙間《すきま》もなくなってしまう――などと、同級生の間ではまことしやかに囁かれていたりする。

ついでに言えば。中野は二組、山下は八組である。にもかかわらず常にツルんでいるような印象があるのは、四人が揃《そろ》ってクラス代表委員であり、番犬《桜坂》をモノともせずに平気で尚人に声をかけてくるのがこの二人だけだからだ。

「何かわかんねーけど、篠宮に頼み事があるらしい」

「頼み事？」

「それも、校長室でな」

「わぉう」

小さく奇声を発して、中野は束の間黙り込む。

「厄介事じゃなきゃいいけどな」

わずかに落とした声音《トーン》には、桜坂と同じ杞憂《きゆう》がこもっている。

「篠宮って、基本的に気配りの達人だから」

「――まぁ、な」

誰にもいい顔をしたがる八方美人ではなく、頼まれると断れない優柔不断とも違う。ダメなものはダメとはっきり口にするが、それでも、

『困ったときの篠宮頼り』

――は、すでにクラスでは定着しているほどだった。

ダメはダメなりに、いいかげんに話を聞き流しにはしないからだ。

しかも、変な痼《しこ》りは残さない。

その達人技の根幹にあるのが何なのか……。桜坂も中野も、今では否応なしに自覚しないではいられなかった。

「ブッちゃけて言うと。一年のときなんか、俺、篠宮と同じクラスですげーラッキーだったわけよ」

「そうなのか?」

「入学式が終わって、すぐに二泊三日のオリエンテーションがあったじゃん?」

クラスの親睦会を兼ねて毎年行われる、新入生のための教育指導である。

難関と言われる高校受験を勝ち抜いて入学しても、それは新たなスタート地点でしかない。一律平等が建前であった義務教育から、それなりの自己管理を問われる高校生活へ。謂《い》わば、それを再認識させるためのオリエンテーションであった。

もっとも。桜坂にとっては、ひたすら退屈な二泊三日だったが。

「合宿が始まる前のクラスの雰囲気って、けっこうぎくしゃくしてるだろ？　なのに、終わったときには篠宮が軸になってメチャクチャ和んでたし。みんな、ホッとしてたのが丸わかり。あれって、やっぱ、篠宮の人徳だよなぁ」

中野の言いたいことは、桜坂にもよくわかる。尚人といると変に気を張っている必要がなくて、すごく楽なのだ。

自分から率先して人を引っ張っていくわけでも、桜坂のようにそこにいるだけで悪目立ちをしているわけでもない。なのに、不思議と、クラスに埋没しない特異な存在感があるのだ。

はんなりと、しなやか……。

本来ならば異性に対して使うべきであろうその言葉が、尚人にはよく似合う。硬派の筆頭である桜坂が、何のテレもなくそう言いきれるほどに……。

よくも悪くも他を威圧する雅紀の存在感が視覚の脅威なら、尚人は、まさに視界のオアシスであった。

「居心地よすぎて、一年間、それに慣れきっちゃってたからな。二年のクラス替えで篠宮と別のクラスになっちゃったのが、もう無性に悲しかったぜ、俺は。だから、クラス代表委員なんてタルいだけでホントはゲッソリだったんだけど、篠宮が七組代表だと知って、かえってやる気出たくらい」

そういう台詞をあっけらかんと口にできるのが、中野の真骨頂である。桜坂とは別口の無駄に揺らがない強さというか、すっきりと一本芯が通っていて、下手なツッコミを入れて変に茶化すのがかえって気恥ずかしくなるほどだった。

「だからさぁ。もういいんじゃねーの？　……とか、思うわけよ」

――何が？

それを口にする代わりに桜坂はわずかにため息をこぼす。あえて問い返すまでもなく、中野の言いたいことがわかってしまって。

「あんなことがあっても、篠宮がきっちり自分の足で立ってるのはわかってるけど。ンでもって、やっぱ、篠宮ってスゲー……とか思っても。なんか、あいつがごくフツーに『俺は大丈夫』…って顔をしてるのを見るたびに、おまえはもっとエゴになれぇぇッ――とかさ」

世間を騒がせた連続暴行事件は、その犯人が捕まって一応の決着を見た。

誰も彼もがホッと胸を撫で下ろして、学校内にもそれなりの平穏が戻った。

だが。それで、何もかもが一気に解決してしまったわけではなかった。

言ってしまえば他人事なのに、とても他人事とは割り切ってしまえない。それが見知ったクラスメートというだけでなく、彼らにとっては『篠宮尚人』だから、よけいにリアルで生々しいのだ。

　頑張れ、とか。

　負けるな、とか。

　俺たちがついてるぞ、とか。

　そんな言葉すらもが、陳腐に思えて仕方がない。

　無理をしなくていい。

　ワガママ、言っていい。

　もっと、俺たちを頼ってくれていい。

　喉まで出かかった言葉を──呑み込む。

　何を言っても。どんな励ましも。口にしたとたん、無神経に過去を抉る凶器になるかもしれない。それを思うと、唇さえもが強張《こわば》りついてしまいそうになる。

　ただ見ていることしかできない不甲斐なさ。口にはしないだけで、中野もそういうもどかしさを感じているのかもしれない。

「この時期にわざわざ篠宮を名指しで校長室に呼び出して頼み事なんて、俺的には、何考えてんだ立花ぁぁ……って、感じ」

　中野の懸念が、桜坂にもよくわかる。

父親の不倫による家庭崩壊。

その果ての、母親の死。

その痛みを……傷跡をどんなふうに克服して今日まで乗り切ってきたのか、マスコミは興味津々で執拗《しつよう》に暴き立てるが。実際のところ、平凡だが平穏な日常生活に甘んじている桜坂には『篠宮家の辛苦に満ちた五年間』は想像もつかない。

そして。極めつけは、ひとつ間違えば命にも関わる悪質な暴行事件だ。

当初は、尚人の事件《それ》も無作為の中の不幸な『当たりクジ』を引いてしまったかに思えたが。暴行犯と父親の愛人の妹が幼馴染みであったという仰天事実がすっぱ抜かれてからは、なにやら事件そのものが一気に焦臭《きな》くなった。それがただの偶発的なモノではなく、故意に尚人を狙ったものではないかと。

【用意周到に練られた襲撃?】

【怨嗟《えんさ》による犯行?】

大見出しの活字は踊る。

暴行犯はただの実行犯であり、そこに誰かの悪意に満ちた暗示……あるいは教唆《きょうさ》なりがあったのではないか、と。

篠宮家の長兄は有名なモデルで留守がち。

長女は祖父母に引き取られて別生活。

末弟は不登校の引きこもり。

だから、一番狙いやすい、ごく普通の高校生の次男《尚人》がターゲットになったのではないか——と。

週刊誌はここぞとばかりにおもしろおかしく書き立て、ワイドショーはただの憶測にすぎないことをさもそれが事実であるかのように全国ネットで垂れ流しにする。当事者の痛みだけを置き去りにして……。

腹が立った。

他人の不幸に群がる節操のなさに——ムカムカした。

奥歯がギシギシ軋るような苛立たしさ。

それは、桜坂にとって、今回のことがまるっきりの他人事ではなかったからだ。

とどのつまり、桜坂が尚人を襲った暴行犯を捕まえたことがきっかけで連続暴行事件解決の糸口になったことは一目瞭然《りょうぜん》で、それはもちろん、喜ばしいことには違いないが。だからといって、それが『お手柄』などと言われても、桜坂はまったく嬉《うれ》しくない。

桜坂にしてみれば、それはあくまで結果論であり、尚人が理不尽な被害を被ったことに代わりはないからだ。まして、その事件が引き金となり篠宮家のスキャンダルがすべて暴露されてしまった。

それを思えば、連続暴行事件に関わった奴らが芋《いも》づる式に逮捕されても、

『あー、よかった』

『これで、もう安心』

などと、喜び浮かれる気分にはなれなかった。

事件は解決しても、篠宮家を巡るスキャンダルが沈静化する兆しは見えない。

嘘か、本当か――知らないが。世間の噂《うわさ》によれば、私立のお嬢様学校といわれる紫女《ゆかり》学院に通っているらしい父親の愛人の妹は、事件後、周囲のバッシングに耐えられなくなってどこかに雲隠れしてしまったらしい。

常識的に考えて、

『生活費も養育費も払わない極悪非道な父親の愛人の妹』

『四人の子どもの母親を自殺に追いやった性悪な女の妹』

そんな悪口雑言には耐えられても、

『篠宮家を不幸にした金で平然とお嬢様学校に通っている厚顔無恥な娘』

『ヤンキーの幼馴染みを唆《そそのか》して篠宮家の次男を暴行させた悪女』

呼ばわりをされては身の置き所がなくなってしまうかもしれない。

そういう噂話の類にはまったく興味のない桜坂の耳にも自然に入ってくるくらいだから、たぶん、尚人にも筒抜けだろう。

その上、まるでトドメを刺すような今回の空き巣事件である。

その事件の顚末《てんまつ》が、家族を捨てて愛人の元に走った父親が借金を抱えて首が回らなくなり、家の権利書を持ち出そうとして忍び入ったところを、泥棒と間違えた末弟に金属バットで殴られて骨折した——というものだった。

啞然。

……呆然。

絶句——である。

雅紀本人が、所轄の入口にウンカのごとく集《たか》っていた報道陣に語ったことなので間違いはないのだろうが。何とも後味が悪い幕切れというか……。

桜坂ですらそう思うのだから、当事者である尚人の心中はいかばかりであったろう。

こうなるともう、篠宮家が父親の浮気に端を発した災厄の悪循環に呪縛《じゅばく》されているような気がするのは、桜坂だけではないだろう。

波瀾《はらん》万丈というには過酷すぎる日常に振り回されて辛労続きの尚人の神経が、どれほど危ういバランスを保っていたのか。空き巣事件で弟が保護されていた所轄の一室で尚人が深刻なトラウマを抱えているらしいことを目の当たりにして、桜坂は、まさに愕然としてしまったのだった。

それを知っているはずのない中野があえて『この時期』と口にして危惧《きぐ》しているのも、篠宮家を巡る確執と愛憎スキャンダル報道が一向に衰える気配がないからだろう。

「俺さぁ、今まで、毎日代わり映えのしない日常なんて退屈……とか思うこともあったんだけど。何の刺激もない平凡な幸せってのがどんだけ恵まれてることなのか、つくづく考えさせられちまったよ」

「そりゃ、おまえだけじゃなくて、みんなそう思ってんじゃねーか？」

一連の篠宮家のスキャンダル騒動だけではない。翔南高校から、連続暴行事件の被害者が尚人を含めて三人出たということは、それなりに衝撃的なことであった。

塾帰りに襲われた三年生は思った以上に重傷で、そのまま休学してしまうのではないかと言われていたし。部活帰りに狙われた一年生は幸いにして軽傷で済んだが、精神的にすっかり参ってしまって家から一歩も出られないらしい。

「いつ、どこで、何が起こるかわからないってことを、今度の事件で嫌っていうほど実感させられちまったからな」

「ついでに言えば、被害者にはプライバシーもへったくれもないってこともな」

本当に、腹立たしい限りだが。

尚人の場合は雅紀が有名なモデルということもあって、それこそ根こそぎだったし。そのほかの被害者も事件に直接関係のないことまであれこれと、そこまで晒《さら》し者にする権利がおまえらにあるのかッ！　——というくらいに酷《ひど》い扱いのものもあった。

「俺、前に篠宮の兄貴がテレビで、被害者の人権とかプライバシーが『知る権利』とかで寄って集って丸裸にされるなら加害者も同等であるべきだろうって、バシッと言い切ったときには思わず拍手しちゃったぜ」

正確には、暴行犯たちの顔写真と家族を含めたプロフィールがネット上で流出したときの雅紀のコメントだったわけだが。それには続きがあって、そのとき雅紀は、コメントを求めて無神経にマイクを突きつける報道陣に向かって、

『それで加害者側《かれら》が何らかの不利益を被るのだとしたら、それは、あなたたちの報道姿勢に問題があるんじゃないですか』

バッサリ斬《き》って捨てたのだ。

（篠宮の兄貴があの顔でビシッと吐き捨てたら、誰も勝てねーよな）

何を臆《おく》するでもなく、しっとりと落ち着きのある美声で淡々と辛辣に吐きまくる雅紀の迫力は、それが嘘偽りのない本音であるがゆえに、所詮《しょせん》、他人事でしかない連中を撫で斬りにするくらいには充分インパクトがあった。

どこに行ってもスキャンダル報道で追い回される雅紀も、いいかげん腹に据えかねていたに違いない。マスコミが不当に振りかざす『知る権利』という覗き趣味に対する、痛烈なしっぺ返しだった。

冗談でなく、超絶美形なカリスマ・モデル『ＭＡＳＡＫＩ』に冷たく睨まれて震え上がったレポーターもかなりいたらしい。

雅紀が投げつけた『平等論』は識者の間でもけっこうな物議をかもしたが。それでも、誰も、雅紀を名指して、

『世間知らずの若造』

呼ばわりもしなければ、

『謙虚さを知らない大口叩き』

などとも言わない。内心はどうだかわからないが、少なくとも、表立ってのバッシングは聞かれなかった。

マスコミが執拗に篠宮家のスキャンダルを報じたことで、『MASAKI』が人生の辛酸を舐め尽くした男であることを誰もが知っているからだ。そんなドン底からトップモデルにまで成り上がった雅紀を相手に机上の正論をブチ上げたところで、言葉の重みが違う。端《はな》から勝負になるはずがなかった。

「だから。俺的には、もうそっとしておいてやれよぉ……ってことなんだけど」

「まぁ、どうするかは篠宮次第だけどな」

結局、それに尽きるのだが。

「……だよなぁ」

中野はどっぷり深々とため息を漏らす。

「篠宮、俺たちが思っている以上にきっちり胆《きも》が据わってるしな」

立花の言う『頼み事』が何かわからない以上、心配の先走りをしても始まらない。それでも、中野に釣られたように漏れる桜坂のため息も止まらなかった。

§§§§　§§§§§　§§§§§　§§§§§

「失礼します」

尚人《なおと》が立花《たちばな》の後に続いて幾分緊張ぎみに校長室に入ると、そこには学校長の林田《はやしだ》のほかに見慣れない中年の女性がいた。

（……え？）

まさか、その場に校長以外の誰かがいるとは思いもしなくて、尚人は面食らう。もしかして、来客中に邪魔をしてしまったのではないかと。

——が。その女性は尚人と目が合うと、何とも言いがたい……まるで切羽詰まったような顔をした。

（——何？）

ますます訳がわからない。

すると、林田は、

「篠宮《しのみや》君、帰りがけに突然呼びつけたりしてすまないね」

そう前置きをして、

「まぁ、座って」

尚人をソファーに促した。

それで女性と向き合う形で腰を下ろすと、

「足の調子はどうかな?」

まずは、それを尋ねた。

「はい。先週から自転車通学できるようになりました」

本当に、思った以上に時間がかかってしまったけれど。

少しくらい足の痛みがあっても自転車通学には差し支えはない。尚人はそう思っていたのだが、雅紀《まさき》がそれを許さなかった。

『完璧《かんぺき》に痛みが引くまで、絶対に自転車には乗るな。痛いのを我慢してフラついているようじゃ他人の迷惑にもなるし、第一、通学中にいつ事故るかと思うと俺が心配で仕事にならない。わかったな、ナオ』

本音を言えば。多忙な雅紀にいつまでも送り迎えをさせるのが心苦しくて、自転車通学のことを口にしたのだが。どうしても雅紀の都合のつかないときにはタクシーだったりもしたので。

けれども、雅紀にはピシャリとダメ出しをされてしまった。

もっとも。ダメ出しを喰《く》らったことよりも、雅紀に『俺が心配で仕事にならない』と言われたことの方が嬉《うれ》しくて、内心、舞い上がってしまいそうになったのだが。

「そうかね。それはよかった」

にっこりと頷《うなず》いて、林田は、

「それで、実は、君にお願いしたいことがあってね。ここまで来てもらったんだよ」

わずかに身を乗り出す。

「はい。なんでしょうか?」

「あー、その前に紹介しておこう。こちらは、野上《のがみ》さん」

「こんにちは。野上と申します」

「はじめまして。篠宮です」

互いに深々と頭を下げて挨拶《あいさつ》を交わすのを見届けて、林田は話を続ける。

「野上さんは一年五組の野上光矢《こうや》君のお母さんでね。君に、ぜひともお願いしたいことがあるとおっしゃっているんだよ」

「野上さんが、俺に……ですか?」

一面識もない下級生の母親からの、突然の頼み事。話がまったく見えずに、尚人はただ困惑する。

「野上君は、その……君と同じ暴行事件の被害に遭った子でね」

慎重に言葉を選ぶように林田がそれを口にしたとたん、尚人は、条件反射のように胸の奥底がツキリと痛むのを感じた。

「そのことは、君も知ってると思うんだが」

「――はい」

名前までは知らなかったが。

（部活の帰り……だったよな）

塾帰りに襲われた三年生同様、学内でそれを知らない者はいないだろう。

たとえ面識がなくても自校の生徒が事件の被害者になったというだけで、得も言われぬ不安をかき立てられるものだ。いつ、どこで、同じような災難が降りかかってくるかわからない。それが、ターゲットになっている自転車通学をしている者だったらなおのこと。自分だけは大丈夫という保証はどこにもなかったからだ。

『退屈だったから』

『俺たちのような落ちこぼれをバカにしてるからムカついた』

『暇潰《ひまつぶ》しのただのゲーム』

『世間が騒ぐのがおもしろかっただけ』

『別に、誰も死んでないからいいじゃん』

反省の色などまったく見られない、常識外れのゲーム感覚で行われた少年犯罪が社会に与えた影響は大きかった。

【親子関係の希薄化】
【モラルの欠如】
【イジメの陰湿化】
【家庭環境の格差】
【利己主義】

そのたびにメディアを賑《にぎ》わすキーワードだけは増えていくが、いまだ根本的な解決策は見られない。

今回の連続暴行事件の犯人は運良く逮捕されたが、この先、同じようなことが絶対に起きないとは誰にも言えないだろう。

「幸いにして、野上君の怪我《けが》の治りは早くてね。私もホッとしているんだが……」

自校から三人の被害者が出てしまった校長として、唇重く言い淀《よど》む林田の胸中は複雑かもしれない。

(たしか、精神的なショックが大きくてずっと学校を休んでるんだったよな)

すると。野上の母親は沈痛な面持ちで、

「光矢は……怪我よりも襲われたときのショックがひどくて、いまだに家の外に出られません」

林田の言葉を引き継いだ。校内での噂《うわさ》が間違いではないことを肯定するように。

「それで、セラピーの先生にも直接家に来ていただいている状態なんです」

「そう……ですか」

野上光矢がどういうふうに襲われたのか、尚人は知らない。

いや――知りたくない。

その状況を事細かに聞くだけで、自分がやられたときのことまでリアルに甦《よみがえ》ってしまいそうで……怖い。

だから。事件のことはあまり口にしたくない。語ることで、そのときの恐怖を追体験《トレース》してしまいそうな気がするからだ。

忘れてしまいたいとは思うが、事件そのものをなかったことにして記憶から抹消してしまうことはできない。それは何も尚人に限ったことではなく、今回の被害者全員がそうなのだろう。

同じ暴行事件の被害者といっても、その症状はまちまちだ。衝撃度もストレスにも個人差はあって当然だが。襲われたことがトラウマになって自転車に乗れないのではなく、家から一歩も出られない――ともなると、それはかなり深刻ではなかろうか。

痛ましいな、と思う。

だが。それを言葉にするのは憚《はばか》られた。同じ傷を持つ者として。

理不尽に刻みつけられた傷を癒《いや》すには、周囲の理解とそれなりの時間が不可欠だが。立ち直るためには、結局、自分でそれを乗り越えていくしかない。

身体と心のリハビリテーション。

そのために、できること。

——できないこと。

欲しいもの。

——いらないもの。

それは一律ではなく、本当に人それぞれなのだ。

だが。どれほど手厚いメンタル・ケアであっても、最終的には自分で自分に向き合うしかないのだ。

「あの……篠宮君。校長先生のお話では、あなたはあの事件があった後、けっこう早い時期に復学されたと聞いてます。その……あなたは、そういうショックとか、事件のことをどうやって乗り越えられたのか……。よかったら、聞かせてもらえませんか？」

（あー……。そういうこと？）

尚人は、ようやく、自分が校長室に呼び出された理由を理解した。

身体の傷が癒えても精神的ショックから立ち直れない、野上。

足の具合も本調子ではないのに松葉杖《まつばづえ》をついて、早々と登校してきた尚人。

同じ暴行事件の被害者という立場で、何が、どこが、どう違うのか。野上の母親はそれを知りたがっているのだろう。

それはそれで、尚人にとっては複雑な気持ちだったが。

「校長先生には、もっと早い時期にあなたと会わせてくれないかとお願いしていたんだけど。それは無理だと言われて……」

「そう、なんですか？」

「いや、野上君のお母さんの気持ちもわからないではないが、登校できているとはいっても、君の体調もまだ捗々《はかばか》しくなかったことだしね。それに、君のお兄さんから、くれぐれもよろしく頼まれていたものだから……」

「……え？」

「お兄さんから、直接電話をいただいてね」

初耳である。そんなこと、雅紀は一言も言わなかった。

「自分としてはまだ松葉杖をついている状態で学校に行かせるのは心配なのだが、本人が行きたがっているのをダメだとは言えない。だから、この先、いろいろ迷惑をかけるかもしれないがよろしくお願いします――とね」

（まーちゃんが、そんなこと……。俺、ぜんぜん知らなかった）

「いいお兄さんだねぇ。君のことを、本当に大事に思ってらっしゃる」

「――はい」

尚人の知らないところで、雅紀がちゃんと真剣に自分のことを考えていてくれていた。それを知って、今更のように胸がじんわりと熱くなる尚人だった。

「だから、学校側としても、とにかく君の体調が元に戻ってからと思ってね」

「はい。ありがとうございます」

「いやいや……最優先すべきは篠宮君、君の気持ちだから。だから、もしも、君が事件のことは思い出したくないし、それに関連することは何も語りたくないというのなら、それでも構わないんだよ?」

林田にしてみれば、尚人も野上も自校の生徒である。どちらが大事……という分け隔てはない。

野上の母親の強い要望もあって、それを無下には断れずに尚人を校長室には呼び出したが。決して強要しているわけではないことを、この場で、はっきりさせておかなければならないという思いは強い。

事件が事件なのだ。ましてや尚人は、事件の余波というには強すぎるスキャンダルの嵐に曝《さら》されている。

事件のショックで精神的なトラウマを抱えてしまった野上の様子は、もちろん気掛かりだが。だからといって、その解決方法を模索することで尚人にこれ以上のストレスは与えたくない。

ジレンマ……だった。

「君がどうしたいのか。今の君の気持ちを、正直に言ってくれればいいから」

「……はい」

「でも、篠宮君、お願いします。できることで構わないので、教えてくださいッ」

これ以上はないというくらいに必死な顔つきで、野上の母親は身を乗り出す。さんざん待たされた挙げ句に門前払いされてはたまらない——とでも言いたげに。

「あの子は……とても苦しんでいるんです。なのに、私たちはただ見ていることしかできなくて……。どうやったら光矢を助けてやれるのか。そのヒントが少しでもあれば、それにすがりたい思いなんです」

口早に訴える。

真摯《しんし》に。

……切々と。

「だから、お願いしますッ」

深々と頭を下げ、懇願する。

我が子が立ち直るための何かのきっかけがあれば、ほんの些細《ささい》なことでもいいからそれにすがりたい。我が子を思う母親の気持ちは、尚人にも、痛いほどよくわかる。裕太《ゆうた》が荒れに荒れて手がつけられなくなったとき、家族全員が同じ気持ちだったからだ。

何とか、元の裕太に戻って欲しい。

——が。

家族の願いは叶《かな》わなかった。頑《かたく》なな気持ちが解きほぐれるどころか、裕太の態度は更に硬化して不登校の引きこもりになってしまった。

裕太と、野上は違う。同じなのは心に傷を負ってしまったことだけで、それ以外は何もかもがあまりにも違いすぎて。

だが……。

(ヒント…って、言ってもなぁ)

野上の母親には悪いが、たぶん、尚人の意見は野上を立ち直らせるための助言《アドバイス》にはならないだろう。

なぜなら。尚人が松葉杖をついてでも学校に行きたいと思った理由は、たったひとつしかないからだ。

『一日中、家にこもっていたくない』

それだけだった。

中学時代——雅紀と母が肉体関係にあると知ってから、尚人は学校にいる時間だけが休息になった。

それは、母が亡くなって雅紀に疎《うと》まれていると感じはじめると更に顕著になった。

ひとつ屋根の下にいても、自室に引きこもったままの裕太とは言葉を交わすこともなく、日々……家事に明け暮れるだけ。

心は、みんなバラバラ……。

言葉にならない孤独が身に沁《し》みた。

そして。泥酔した雅紀に強姦《ごうかん》され、それからなし崩しにセックスを強要されるようになってからは家にいること自体が苦痛になった。

学校で勉強をし、クラスメートとたわいもない話で盛り上がっているときだけ、尚人はタイトでヘビーな現実から逃避することができた。その時間だけは『篠宮尚人』という、ごく普通の高校生でいられたからだ。

だから。足は痛くても、スキャンダルまみれになっても、尚人は学校に行きたかった。自分が唯一『普通』でいられる場所に。そこでなら、何も思い煩《わずら》うことなく深呼吸ができそうな気がしたからだ。

父親の不倫で始まった篠宮家崩壊のスキャンダルなど、尚人にとっては、何が何でも隠し通しておきたいトップ・シークレットではない。むろん、自分から吹聴して回りたいとは微塵《みじん》も思わないが、五年も経ってしまえば充分に『過去』である。

家族が壊れてしまった痛憤も。

信じていたモノに裏切られる哀しさも。

ドン底で喘《あえ》ぐことしかできない惨《みじ》めったらしさも。

諸々《もろもろ》の……喪失感も。

そんなものは、嫌というほど味わってしまったので。幸せだった頃の想い出を真っ黒に塗り潰してしまうような日々が記憶の底から抜け落ちることはないが、それでも、今更、何を言われても傷ついたりしない。

有ったことを、無かったことにはできないのだから……。

だったら。その現実に慣れるしかない。

地元では知らぬ者のない醜聞がテレビや雑誌を介して一気に暴露されてしまったからといって、周囲が思っているほどの衝撃はなかったし、それを気に病んでやせ細るほど落ち込みもしなかった。

人の口に戸が立てられないことは、過去にうんざりするほど学んだ。

悪意に満ちた中傷も。

無神経な詭弁《きべん》も。

押しつけがましい好意も。

――同情も。

そんなものに過剰に反応していたら神経が疲弊するだけ。そう開き直れるくらいには、尚人も図太くならざるをえなかった。

尚人には、そんな過去のことよりも雅紀との兄弟相姦《インセスト》——二重の禁忌を犯しているという現実の方がはるかに重かったからだ。

初体験は強姦という最悪悲惨なセックスは、ただ身体の芯《しん》を引き裂かれるような激痛と恐怖しかもたらさなかったが。有ったことを無かったことにして忘れてしまおうとする尚人を呪縛《じゅばく》するように始まってしまった雅紀との肉体関係には、尚人自身思ってもみなかった『快感』という、甘美で淫《みだ》らな毒《オマケ》がついていた。

自慰では得られない……淫靡《いんび》な快楽。

——いや。

自慰すら禁じられて。自分でも知らなかった愉悦の在処《ありか》を、雅紀の手で唇で……舌で、愛撫《あいぶ》まじりにひとつひとつ暴かれる恥辱。

甘く——きつく、それらを執拗《しつよう》に嬲《なぶ》られることの怖じ気。

頭の芯がとろとろに蕩《とろ》けてしまうまで揉《も》みしだかれて、思考は灼《や》け。

剝《む》き出しになった蜜口《みつくち》の秘肉が痙《ひきつれ》るほどきつく吸われることで、理性は爛《ただ》れ。逆に、快感は……より深くなった。

異性とのノーマルなセックスを経験しないうちに雅紀によって覚え込まされた愉悦は、それが甘美であればあるほど、尚人を苛《さいな》んだ。

実の兄とセックスをしている、罪の意識。

それを弟に知られているだろう、戦慄《おののき》。

初めに強姦された激痛も恐怖も、ひとつに繋《つな》がるために後蕾《そこ》をたっぷり時間をかけて舐《な》めほぐされることで次第に薄れていった。

そうやって快感に慣れ、禁忌という名の快楽に溺《おぼ》れていく自分が……怖い。

だから、だろうか。昂《たか》ぶり上がった雅紀のモノをねじ込まれて、揺すられ、奥の奥まで貫かれると、今でもときおり意識が飛ぶ。

だが。

——それでも。

『好きだ、ナオ』

たった一言に、呪縛される。

『おまえが好きなんだ。だから、ナオ。おまえの身体も心も、全部俺のモノにしたい』

思ってもみなかった、雅紀の告白。

『おまえがいてくれるから、頑張れる。だから、俺に、おまえが俺のモノだってことを感じさせて』

雅紀の性欲の捌《は》け口にされているわけではないと知って、嬉しかった。思わず泣き出してしまいたくなるほどに。

それで禁忌《タブー》の戒めが消えてなくなるわけではなかったが、少なくとも、荊《イバラ》の牢獄からは抜け出せた。……ような気がした。

けれど。

それだけは、絶対に他人に知られたくない秘密であることにかわりはなかった。

だから。

きっと……。野上の母親が求めているような答え《ヒント》にはならない。

それでも。

彼女があまりにも真剣な、切羽詰まった眼差しで必死に見つめてくるものだから……。我が子のために、何とか現状を打破したいという揺るぎない気持ちがヒシヒシと伝わってきて。

「あの……野上さん。周りがあんまり必死になりすぎると、野上君にはそれがよけいにプレッシャーになるんじゃないかと思います」

尚人は、思ったことを率直に口にした。下手《へた》に言葉を選んで当たり障りのないことを言うより、その方がいいと思ったからだ。

野上の母親は、虚を衝《つ》かれたように双眸《そうぼう》を瞠《みは》った。

「あんなことは誰もが体験できるモノじゃないですから。だから、周りの人はただ『運が悪かった』とか『ひどい貧乏くじを引いた』とか、そう思ってるだけかもしれないけど。はっきり言って、俺たちの受けたショックはハンパじゃないです」

それがどんなにショッキングなことだったか、いくら言葉で語っても、たぶん……体験していない者にその恐怖の真髄は理解してもらえないだろう。

【他人の痛みを思いやれる人間になれ】

言うのは簡単だが。それはあくまで理想論であって、現実には程遠い。

「だけど、同じ被害者でもその実害の程度はまるっきり違ってて……。ほかの学校の生徒がどんなだか、わかりませんけど。ウチの三年生は、けっこう重傷だと聞いてます」

確認するように林田を見やると。林田は、沈痛な面持ちでコクリと頷いた。

「西条君《さいじょう》の復学は、もしかしたら一学期中には無理かもしれないね」

(やっぱり、そうなんだ? なんか、噂だと、そのまま休学しちゃうんじゃないかって言われてるけど)

それを思うと、胸が痛い。

痛くて……重い。

あまりにも理不尽すぎて、頭の芯までどんよりと痺《しび》れてしまいそうになる。

「だから、俺や野上君のように見た目が軽傷で済んだりすると、みんな言うんですよね。『不幸中の幸い』だとか『ほかの被害者に比べたらラッキー』とか『ホント、軽くてよかったね』とか……。でも、俺に言わせれば、ぜんぜんラッキーでも軽くもないです」

その瞬間。

林田も、立花も、野上の母親も、それぞれが言葉を呑《の》んで何とも言い難い顔をした。

「あんな事件に遭ったこと自体が不幸《アンラッキー》なのに、それで他の人より怪我が軽くて幸運《ラッキー》だと言われたら……マジでへコみます」

　言った本人は何の含みもなく、それがせめてもの慰めになると思っているのかもしれないが。言われた方にしてみれば、棘《とげ》のある痛い言葉だった。

「悪意のない励ましのつもりでも、なにげない言葉でも、心が弱ってるときには──痛いです。だから『頑張れ』とか『負けるな』とか言われると、もうズクズクになっちゃいそうで……」

　普段ならば気にもならないだろう言葉の端々《はしばし》に、過敏に反応してしまう。

　人の好意が素直に受け取れなくて。さりげない親切も、お為ごかしの偽善に見えたり。自分に対するすべてのことに、吐き気がするような優越感がチラついているような気すらして。

　視界が変なふうに歪《ゆが》んで、心が圧迫され、世界で自分が一番不幸だと妄想する。

　誰も、本当の痛みはわかってくれないくせに……。

　何も知らないくせに……。

　うわべだけわかった振りをして、勝手なことを言うなッ。

　ウザイんだよ、おまえらッ！

　今回の事件だけではない。五年前のあの日から、そんな言葉が頭の中で乱反射して、誰彼なしに八つ当たりしたくなったことなら腐るほどある。実際、そんなことを喚《わめ》き散らす度胸も根性も、尚人にはなかったが。

野上がどんな状態にあるのか、尚人は知らない。

野上の気持ちを代弁しようというつもりも、尚人にはない。

それでも。事件の後遺症で家から『出られない』――あるいは『出たくない』という気持ちの何パーセントかは、周囲のそういう雰囲気に対してのアレルギーがあるのではないだろうか。

野上光矢にその自覚があるのかどうかは、別にして。

「――でも。だけど……。篠宮君は、そういうことを乗り越えられたわけでしょ？」

喘ぐようにぎくしゃくと、野上の母親は言う。

「だから、こうやって学校にも行けるようになったんでしょう？」

尚人にできたことなら、我が子にできないはずはない。そのきっかけさえあれば……。そう思いたいのかもしれない。

事件の被害を受けた我が子のメンタル・ケアに熱心な母親。

素直に、スゴイなと思う。

家に閉じこもったままの息子を心配して自宅にまでカウンセラーを呼ぶくらいなのだから、たぶん、本当に心配でたまらないのだろう。

それを、母親の行き過ぎた過干渉――などとは思わないが。その熱心さが、逆に、野上のプレッシャーになっているのではないか。

（もしかして、野上って独りっ子？）

チラリと、そんなことが頭をよぎる。

「でも、野上さん。俺は俺で、野上君は野上君ですから」

結局は、それに尽きるのだ。周りがどんなにヤキモキしても、本人がその傷と向き合わない限りどうしようもない。

少なくとも、尚人自身はそうしてきたつもりだった。それで抱え込んだ傷を克服できたかどうかは、わからないが。

いや。

……たぶん。

いまだにあんな発作を起こしてしまうくらいなのだから。

——まだ。

————きっと。

野上が自分と真摯に向き合うことができずにこのままくずおれてしまうなら、それはそれでしょうがない。野上の母親には悪いが、それが尚人の本音だった。

今の尚人には、他人のことまであれこれ心配するほどの余裕はない。自分のことで手一杯であった。

「じゃあ……じゃあ、篠宮君は足の具合が悪いのに、どうして、それでも学校に来ようと思ったの？」

野上の母親は執拗に食い下がる。カウンセラーも当てにできない以上、何のヒントも得られないままでは家に帰れない——のかもしれない。

「俺は……家に閉じこもっているのが嫌だったんです」

「そう、なの？」

「そうです。何もしないでボーッとしてるといろんなことが頭に浮かんできて、気が滅入っちゃいそうで……。学校に来ればそれなりに刺激があって、よけいなことを考えないで済むかなぁ…って」

「……皆が、興味津々であなたのことを待ちかまえていても？」

とたん。

「野上さんッ」

林田が険しい顔つきで、口調を荒げた。

けれども。

「学校に出てくれば、今度の事件のことだけじゃなくて、皆があなたのことを見て、あれやこれや、いろいろ噂するでしょ？　それでも構わなかったの？」

野上の母親の口は止まらなかった。

「野上さん、あなたは何を言ってるんですかッ」

「校長先生。私は——私は、あんな事件があって、光矢も篠宮君も同じ辛《つら》い思いをしたはずなのに、なぜ……光矢は。どうして、篠宮君だけがこんなふうにしっかり自分の足で立っていられるのか。光矢と篠宮君の何が、どこが違うのか。私は、それが知りたいんですッ」

わずかに吊《つ》り上がった双眸で林田を睨《ね》めつける様は、どこか鬼気迫るモノがある。

我が子のことを思うあまりすっかりテンパってしまっている母親の方が、逆に、めいっぱいギリギリ状態なのではないかと思いたくなるほどであった。

尚人は自分の思ったことを率直に口にしたつもりだが、やはり、どこかで野上の母親の地雷を踏んでしまったのかもしれない。

「だからといって、ですね。こんなやり方は……」

「校長先生。別に、俺はいいですから」

「篠宮君……」

「だって、みんな知ってることですから」

何を――とは、あえて口にしない。

それでも、尚人が何を言いたいのか林田には通じてしまうほど、篠宮家の一連のスキャンダル騒動はいまだ華々しかった。

「だから、別にいいです」

淡々と、きっぱり、尚人がそれを言うと。林田は、どっぷり深々とため息を漏《も》らして口を噤《つぐ》んだ。

「野上さん。俺と野上君の違いなんて、大したことないです」

たぶん——野上の母親がこだわるほどには、ないのだと思う。ある意味、尚人と野上とでは人生の経験値が大きく異なるだけで。

「…て、いうか。そんなことを比べても無駄だと思います。だって、俺と野上君はまるっきり別の人間なんですから」

そういう当たり前のことが見えなくなるほど、余裕がなくなってしまっているのではないかと。尚人は、かえってそっちの方が心配になる。

人間は必要以上に頑張りすぎると、必ずどこかで破綻《はたん》する。

肉体の疲労はもちろん、精神的にも……。人間はそうやって少しずつ歪み、簡単に壊れていくものなのだと。

尚人はそれを、嫌というほど知っている。ほかの誰でもない、尚人の母親がそうだったからだ。

日々の生活に疲れてめっきりやつれ果てた母と、学校長である林田に食ってかからんばかりの野上の母親とはまるで似たところはない。

けれども。

なぜか……。

目の端を吊り上げて尚人に答えを迫る野上の母親を見ていると、次第に精神を病んで自死してしまった母を彷彿《ほうふつ》とさせた。

「だから、俺のことを引き合いに出して野上君にプレッシャーをかけないでください」

皮肉でも、何でもない。心底、尚人はそう思う。

今の野上にとって、他人と……いや、同じ暴行事件の被害者として同列だと思い込んでいる母親の口から尚人の名前を聞かされることは、それだけで凄《すご》いストレスになってしまうだろうから。

――いや。

もしかしたら。野上の母親にとっても、尚人の存在はそれなりにプレッシャーになっているのかもしれない。

だったら。これ以上、この場にいない方がいいような気がして。

「校長先生。あの……これで、もう失礼してもいいですか？　あんまり遅くなると、弟が心配すると思うので」

嘘《うそ》も方便である。

この場を切り上げて辞すのに、一番当たり障りのない言葉を口にしたにすぎない。

いや……まるっきりの嘘とも言えない。一連の事件以降、裕太もいろいろ思うところがあったらしく、生活態度も軟化してきた。

――と。林田は腕時計を見やって、

「あ……あー、そうだったね。いつもの定時下校からは、もうずいぶん時間も経ってしまったし」

それを口にした。

こういうときは、篠宮家のプライベートがモロバレになっているのも良し悪しかなと思わないこともない。わざわざ家庭の事情を口にしなくても、それですんなり通ってしまうのだから。

「では、野上さん。そういうことで、よろしいですね？」

林田としても、それは、話を打ち切るいいきっかけになった。一応、野上の母親の要望には添ったのだから、それで学校長としての義理は果たせた。

だが。それ以上に、このままズルズルと尚人を同席させることに強い危機感を覚えていたのだった。

野上の母親は、それでも、まだ何か言い足りなさそうな顔だった。

「じゃあ、篠宮君。忙しいところ、時間をとらせて悪かったね。ありがとう」

「はい」

立ち上がり、尚人は、

「失礼します」

きっちりと頭を下げる。

それで、踵《きびす》を返した尚人の背中に、

「篠宮君。じゃあ、光矢にあなたから励ましの言葉をかけてやってくれないかしら。何でもいいの。あの……電話でも、手紙でもいいからッ。あなたが思ってることをあの子に伝えてほしいのッ」

野上の母親の懇願が突き刺さる。

（はぁぁ……。なんか、トドメを刺された感じ）

内心のため息が、止まらない。

「——考えてみます」

それだけを口にして、尚人は校長室を辞した。

§§§§　§§§§　§§§§　§§§§

「すみませんでしたね、篠宮君」

校長室を出て、しばらく歩いて。連れ立って出てきた立花に、そう声をかけられた。

何をして『すまない』のか、問い返すまでもない。

「……いいえ。野上さんの気持ちもわかりますから……」

立花は、わずかにため息を漏らした。

「君は、本当に大人なんですね」

「……え？」

「人間って、けっこう自分主義ですから。子どもはもちろん、歳だけ喰って大人になりきれない大人もね。なのに、君はちゃんと、他人を思いやってあげられる。言葉で言うのは簡単だけど、それを実践できる人は少ないですからね。本当に、それは素晴らしいことだと思います」

そんな賛辞は、ただ面映ゆいだけだが。立花の人柄もあるのだろうか、いつになく、尚人はそれを素直に受け入れることができた。

「ありがとうございます」

「でも……よかったんですか？　きっぱり断ってもいいんですよ？　君の口から言いにくければ、校長先生を通して断ることもできますし」

だから。最後に投げつけられた『お願い』のことだ。

「野上君って……もしかして、独りっ子ですか？」

「——なぜ、そう思うんです？」

「いえ……何となく」

あの熱心さは、独りっ子に対する溺愛《できあい》のように感じたからだが。それを口にするのは、何となく憚《はばか》られた。

兄姉弟《きょうだい》が四人もいたせいか、子どもの頃から、尚人は母親に独占欲を感じたことはなかった。子どもの分だけ、母親の愛情は等分される。それを不満に感じたことは一度もなかったし、尚人にとっては母よりも雅紀の存在の方がはるかに大きかった。

ましてや。雅紀との関係を知ってからは、母は禁忌の象徴になってしまった。

「篠宮君。ついでといってはなんですが。僕も、ひとつ聞かせてもらっていいですか?」

「なんでしょう?」

「篠宮君にとって、友人とは……なんですか?」

まさか、そんなことを聞かれるとは思ってもみなかった尚人は、思わず足を止めてまじまじと立花を凝視した。

「あ……えっ…とぉ……。それは、どういう……」

「家でじっとしているよりも学校に行きたい。さっき、篠宮君はそう言ったでしょう?」

「……はい」

「学校での友人関係がうまくいっていないと、そういう言葉は出てこないと思ったものですから」

言われて、ハタと考えてみる。

「そう……ですね。俺は、周りの友人にすごく恵まれていると思います。あ……でも、別に野上君が友達に恵まれていないとか、そういうことじゃないですけど」

尚人は二年生で、野上は一年生。その違いである。

新入生の野上よりも尚人の方が友人関係の蓄積がある。そういうことであった。

「学校に行きたい気持ちは強かったんですけど、俺も、何の不安もなかったわけじゃないので。でも、登校してみると、みんなが必要以上に俺に気を遣ってくれてるのが丸わかりっていうか……」

事件が事件でもあったし。それ以上に、衝撃的ともいえる篠宮家のスキャンダラスな過去が一気に暴露されて、皆もどういうふうに尚人に接したらいいのか……わからなかったに違いない。

「気を遣われすぎるっていうのも、なんだか居心地悪くて……。一瞬、早まったかなぁ……とか思わないでもなかったんですけど。でも、中野《なかの》がごく自然に『お帰り』…って言ってくれたんです」

「二組の、中野大輝《だいき》君ですか？」

立花がフルネームで中野を知っていることに、ちょっと、意外な気がした。

――が。よくよく考えてみれば、学年主任の立花は二組の副担任だった。

「はい。意外に早く復活できてよかったなぁ…って。それが、すごく嬉しかったです」

あれで、どこかぎくしゃくしていたクラスの雰囲気も一気に砕けた。それが、本当に嬉しかったのだ。

「そういえば、当日は正門前がスゴイことになってましたね」

それを言われると、尚人はもはや苦笑するしかないのだが。

「一般人が、それも、ごく普通の高校生がトップモデルの『ＭＡＳＡＫＩ』さんに会える眼福なんて、そうそうないですからね。女子だけじゃなくて男子まで、皆、ミーハー根性丸出しで派手に舞い上がっていましたが」

どこかで聞いたような台詞《せりふ》である。

――というか。まさか、立花の口から山下《やました》と同じ台詞が出るとは思わなかったというのが、尚人の正直な気持ちであった。

「登校することは誰にも言ってなかったので。山下には、あんまりビックリさせるなとか言われてしまいました」

ついでに言えば。そのときに、クラスメートに思わぬ爆弾宣言をブチかました桜坂《おうさか》は毎朝正門で雅紀と尚人を出迎えて、公約通りに尚人の『鞄持ち《かばん》』をきっちりとやってのけたのだった。

そのせいで、桜坂の『篠宮尚人の番犬』呼ばわりにずっぽりトドメを刺してしまったわけだが、さすがに、面と向かってそれを冷やかすような命知らずなクラスメートはいなかった。

「僕はね、篠宮君。高校時代の君のお兄さんを知っています」

「え……？」

「正確に言えば、高校剣道界で『東の青龍《せいりゅう》』と呼ばれていた瀧芙《そうぶ》高校の篠宮雅紀君――をですが」

今となっては懐かしい雅紀の高校時代の異称を、まさか、立花の口から聞けるとは思わなくて。尚人は、驚く。

雅紀が高校生のとき、全国大会になるといつも優勝を争う同年代のライバルが三人いたのだ。県大会では常に優勝旗を争う高校として『東の大津《おおつ》』『西の瀧芙』と言われたが。全国大会では、その勢力分布図も違っていた。

雅紀を含め、高校剣道界の四強と呼ばれるほど実力が拮抗《きっこう》していて。それがちょうど東北・関東・近畿・九州ブロックに散らばっていたもので、誰が言い出したのかは知らないが、その四強を四方神になぞらえて呼んだのだ。

『北の玄武《げんぶ》』
『東の青龍』
『西の白虎《びゃっこ》』
『南の朱雀《すざく》』

それで、関東ブロックの雅紀は『東の青龍』だったのだ。

瀧芙高校のスクール・カラーが鮮やかな碧紺《ブルー》だったこともあり、その呼び名はまさに打ってつけだと言われた。

沙也加《さやか》は、どうせなら龍よりも綺麗《きれい》で派手な『鳳凰《ほうおう》』の方が雅紀には似合っていると言っていたが、尚人は『青龍』の方が断然カッコイイと思っていた。

(立花先生、なんでそれを……)

すると。立花は、うっすらと唇に笑みを刻んだ。

「僕、剣道部の顧問なんです」

その種明かしに、ますます驚く。立花にスポーツというイメージが、どうしてもひとつに重ならなかった。

剣道に筋力は欠かせない。高校時代の雅紀も、着やせして見える制服の下は意外なほどしっかりと筋肉が付いていた。

それを見知っていたせいもあって、教科書よりも重い物を持ったことがなさそうなほどほっそりとした細腕でブンブン竹刀《しない》を振り回す立花——というのが、尚人にはどうにも想像できなかった。

「あの……じゃあ、先生も剣道をやられるんですか?」

「いえ。僕は、顧問とは名ばかりの素人《しろうと》です」

(あ……やっぱり)

ある意味、自分の目が間違っていなかったことでホッと納得する。

「でも、君のお兄さんの凄さはわかります。本当に、切れのあるしなやかな竹刀捌《さば》きでしたから」

凄みというよりは、静謐《せいひつ》。

勇壮というよりは、優美で華麗。

それでいて、雅紀には誰にも負けない強さがあった。

「お兄さんの剣道には、奇を衒《てら》わない王道の美しさと迫力がありました。それに輪をかけて、半端でない華がありましたからね。お兄さんが試合場に出てくるだけで、それはもうスゴイ歓声でした」

冗談ではなく、だ。日本人離れした容姿と長身な雅紀は、その存在感だけでも他を圧倒していた。

その雅紀が生活苦のために大学にも進学せずにいっそすっぱりと剣道をやめてしまったときには、本当に誰もがその才を惜しんで嘆いたものだった。尚人も、もう二度と雅紀の剣道が見られないのかと思うと悲しくて泣けた。

「お兄さんが剣道界から去ってしまわれたことは、本当に残念なことでしたが。でも、やはり『篠宮雅紀』という原石は別方向でもしっかり輝いているのだと思うと、僕は、君のお兄さんの凄さを改めて感じました」

モデルという職業柄、他人は雅紀の容姿ばかりを褒《ほ》めそやすが。それだけではない、雅紀の本質をちゃんと理解している立花のような人間がいると思うと、それだけでもう、尚人の気持ちも弾んだ。

「まぁ、それは余談ですが。篠宮君、全校生徒も僕たち教職員も、君が早々に復学してくれて本当に嬉しかったです。校長先生もおっしゃっておられましたが、三年の西条君の病状が思いのほか重くてね。野上君の後遺症のこともあって、皆心配していたんです」

それは、林田の言葉の端々からも充分に感じられた。

だから。足も完治して、自転車通学に戻れたことがなおさらに嬉しい。

——だから。

「……立花先生」

「はい」

「先生は、心の痛みは誰かに語ることで半減すると思いますか？」

それが口を突いて出たのかもしれない。

「野上君のお母さんが言っていた、セラピーの話ですか？」

「それも、あります」

「それも——とは？」

「先生も知っていると思いますが。弟は四年間引きこもっています。俺たちはそれでいろいろ考えて、俺たちなりにいろいろやって……。でも、結局、誰も弟の心の傷を癒すことはできませんでした」

尚人が誰かに裕太の話をするのは、これが初めてだった。

裕太を自分のところに引き取りたいと言っていた加門《かもん》の祖父母とも、堂森《どうもり》に住んでいる篠宮の祖父母とも、そんな話をしたことはない。尚人の意見など、どこからも、誰からも求められなかったからだ。

ある意味。雅紀にさえ、だ。

「だから……。もしかして、俺たちはやり方を間違えて、それが逆に弟を追いつめてしまったんじゃないかって。ずっと、そう思ってました」

それこそ、今更……ではあるのだが。

あの頃は、突然の出来事に皆の気持ちがささくれ立っていて。それでも、一番苦しくて悲しいのは母親なのだから、自分たちは辛いとか寂しいとか、そんなワガママを言ってはいけないという気持ちの方が強かった。

ただ、裕太だけが違ったのだ。

父と母の『大人の事情』も兄弟の『暗黙のルール』も通じなかった。家族の誰もが『我慢』することが当然であるという現実に、裕太だけが馴染《なじ》めずに荒れた。

今——思えば。それはただのワガママではなく、裕太の心が軋《きし》んで悲鳴を上げるシグナルであったのだろう。

けれども。当時は皆が自分の気持ちを押し殺して……自分のことで手一杯だったから、それをちゃんと理解してやることができなかった。

自分たちにできることが、なぜ、裕太にはできないのか。

荒れて。

喚いて。

……喧嘩《けんか》して。

辛いのは、裕太だけじゃない。皆がすこしずつ我慢をして家族を支えているのに、どうしていつも、それをブチ壊すようなことばかりするのか。

その腹立たしさと苛立《いらだ》たしさに、神経が尖《とが》りきってしまったのだ。

そして。裕太は、皆を拒絶して自分の殻に閉じこもってしまった。

「僕は専門家ではありませんから、何が最良であるのかわかりませんが。でも、何もしないで悔やむよりは、とりあえず、自分のできることをやってみることが一番大事だと思います。月並みな台詞かもしれませんが……。たとえそれで思ったような結果を得られなかったとしても、それはただの結果論ですから」

「結果よりもプロセス——ですか？」

「そうです。結果は、目の前にある事実ですから。事実は現実であっても、それが真実であるとは限らないでしょう？」

（事実は現実であっても、真実とは限らない？）

立花の言葉に、ふと、雅紀の言葉が重なる。

『母さんは、自殺なんかしない』

誰もが皆、母親の死は将来を悲観しての自殺だと言った。

けれど。雅紀はそれを認めなかった。

『睡眠薬を飲む量を間違えただけだ』

まるで自分に言い聞かせるかのように、ことあるごとにそれを口にした。

「事実はひとつでも、真実はひとつとは限りませんよ？　視座が……価値観が違えば物事の真実は逆転するものです」

(モノを見る目の位置が変われば、真実は逆転する……)

誰にも、何も言わずに、母親は死んだ。

雅紀は、それを事故だと言い。

裕太は、母親と雅紀がセックスしているところを沙也加に見られたショックで自殺したのだと罵倒《ばとう》し。

そして。尚人は、

『お母さんなんか死んじゃえばいいのよぉおッ！』

沙也加の悲痛な叫びがその引き金を引いたのではないかと、思った。

母親が死んだのは事実だが、その本当の理由《真実》は誰も知らない。

同じように。荒れに荒れて不登校の引きこもりになった裕太も、真実に口を閉ざしたままいまだに何も語らない。

「物事を為すときには、結果など気にしないでしょ？　何のために、どんな努力をしたのか。それが大切なのだと思います」

あのときに、ああすればよかった。

こうすれば、よかった。

振り返って後悔したくなることなら、山のようにある。

だが。立花は、それがただの結果論にすぎないのだという。

「Do your best ……」

「――今できることの最善を尽くせ」

「そうです。それでいいのではないですか？」

その言葉を、尚人は今更のように噛《か》みしめる。

「結果がすべてであって、その過程は問わない。そういう人もいますが。僕は、そのプロセスこそが一番大切なことだと思っています。何かを為そうとする決断力と、一歩を踏み出す勇気。君は、その一番大事なことを立派にクリアしていると思いますよ？」

さりげない立花の言葉が、胸に沁みた。

今まで、誰もそんなことは言ってくれなかった。

これでいいのだろうかと、いつも迷っていた。

迷いながら、選んで……。

間違っても、それを指摘してくれる人はいなくて。

失敗して――悔やんで。

いいかげん、開き直って。

その繰り返しでここまで来た。自信を持って『これだ』と言えるようなことは何ひとつなかった。

それでも。立花は、

『一番大事なことをクリアできている』

そう言って、尚人の背中を押してくれる。

ふつふつと胸に込み上げるモノがあった。

嬉しかった。

――すごく。

「ありがとうございます、立花先生」

「いえ。それは、僕の台詞です。君と、話ができてとても嬉しかったです」

「じゃあ、俺はこれで失礼します」

深々と頭を下げて、尚人は、ゆったりと歩き出す。

その足取りが、ずいぶんと軽くなったように感じるのは、たぶん気のせいではない。それを思って、尚人の唇もわずかに綻《ほころ》んだ。

《＊＊＊変革への階《きざはし》＊＊＊》

学校から家へ戻ってきた尚人はいつものように自転車をガレージの奥に寄せ、玄関に回って電子錠《セキュリティー・ロック》を解除する。

先日の空き巣騒ぎがあった翌日、雅紀は業者に頼んで家廻《まわ》りのセキュリティーを徹底強化した。玄関も、それまでのキー・ロックから電子錠にする念の入れようだった。

五年前に愛人を作って出て行ったきりの父——慶輔《けいすけ》に合い鍵で家に押し入られたことは、雅紀にとっても予想外——いや、痛恨の極みだったらしい。

『借金の金策に行き詰まって、果ては、篠宮の家の権利書を狙《ねら》ってコソ泥のマネですか？　それで、裕太にバットで殴られて骨折なんて、まぁ、いいザマですね。さすがに呆《あき》れ果てて、言葉もありませんよ』

勝木《かつき》署で父親とその愛人である真山千里《まやまちさと》と対峙《たいじ》した雅紀の、ドア越しに漏れ響くヒヤリと冷たい声。

『不倫して子どもを捨てていった男に、今更、父親面されたくないですね。ムカついて、今にも鳥肌が立ってきそうですよ』

厭味《いやみ》というよりは、皮肉。

ただの皮肉ではなく、拒絶。

辛辣《しんらつ》な棘を孕《はら》んだその口調に、尚人はただ息を詰めることしかできなかった。

『今更、俺に、親子の情愛だのなんだの……そんなケタクソ悪いものを期待しても無駄です。あの人が篠宮の家を出て行ったときに、スッパリ、親子の縁は切れていますから』

決して声を荒げているわけではないのに、言葉の端々に雅紀の強い怒りが視《み》えた。

『この先、二度と、俺たちの周りはウロつかないでください。今度こんなことがあったら――容赦しませんから』

静かなる凄みとでも言えばいいのか。深みのある金茶色《インペリアル・トパーズ》の双眸が、どんなに冷たく父親を見据えているのか――その様がありありと浮かんだ。

父親と愛人がそれを目の当たりにして、いったい何を……どんなふうに思っていたか。尚人には想像もつかない。

それでも。

最後の最後に真山千里が号泣するのを耳にして、尚人は、自分たち家族の幸せを土足で踏みにじった女がどうしてあんなふうに泣けるのか……わからなかった。

怒《いか》り。

歎《なげ》き。

哀しみ。

……落涙《なみだ》する。

しかし。自分たちは誰一人として啼泣《なけ》なかった。

誰も見てはいないところで唇を噛み、声を殺し、ただ嗚咽《おえつ》を啜《すす》るだけで……。大声で泣き叫びたくても、啼哭《なけ》なかった。

——なのに。

自分たちを不幸のどん底に突き落とした元凶《女》が人目も憚《はばか》らずに泣き崩れるのかと思ったら、ただもう、腹立たしかった。

誰のために？

何のために？

それを、思うと。自分たちを……まるで要らないゴミか何かのようにポイ捨てにしていった父が、家族から『幸せになる権利』を奪っていった真山千里が今更のように憎らしくて、キリキリと奥歯が軋った。

そうして。

日々が過ぎ……。

尚人は最近になって、ふと——思う。一連のスキャンダル騒動で周囲の視線《め》も自分たちの日常もすっかり様変わりをしてしまったが、あの空き巣事件で、自分たちはようやく『父親に見《み》棄《す》てられた可哀相な子ども』の呪縛から解き放たれたのではなかろうかと。

父親を、真山千里を許せる日など永遠に来ないだろうが。自分たちはもう、あの頃の——何もできない無力な『子ども』ではない。

成人してトップモデルとして自分を確立している雅紀は『極悪非道な父親』を前にして怯《ひる》むこともなく、互角以上に渡り合っていたし。父親は、裕太に腕をへし折られてそれを思い知っただろう。

同じように。他人を踏みにじったツケがそっくりそのまま自分に跳ね返ってくる因果応報を、真山千里はヒシヒシと感じているだろう。

だったら。

もう、それでいい。

これからの自分たちの生活に過去は必要ではない。このまま、あの二人が自分たちの視界から永久に消え失《う》せてくれれば……それでいい。

よくも悪くも、日常は変容する。

日々は過去の積み重ねで、季節が移り変わっても時間が逆流することはない。

日は昇り、日は沈む。それが唯一の真理だった。

そして。

尚人は、いつものようにゆっくりとドアを開けた。

——とたん。

「遅いッ！　こんな時間まで何やってたんだよ、ナオちゃんッ」

いきなりの怒号で顔面を撲《は》られ、尚人は、

「ゆ…ぅた……」

ドアノブを握りしめたまま、固まってしまった。

いつもは、夕食ができて尚人がドアをノックするまでは自室から出てこない裕太が、なぜか、玄関先で仁王立ちしている。

「なん……で？」

「なんで、じゃねーッ。今、何時だと思ってンだよッ」

目の端を吊り上げた裕太にそれを言われ、

「あ……え？」

思わず腕時計を見る。

(……ウソ。もう、七時半？)

放課後は校長室に呼ばれていたので、確かに、いつもよりは遅くなったという自覚はあったが。

(……マズイ)

最近ではすっかり日も長くなっていたので、まさか、そんな時間になっているとは思わなかったのだ。

「ゴメンッ」

慌ててドアを閉め、

「腹へったよな。すぐ、メシ作るから」

急いで靴を脱ぐ。

それからキッチンに駆け込んで鞄を投げ出し、着替える余裕もなく制服の上からエプロンを引っかけた。

(うわぁぁ……ヤバイ)

焦った。

(今からコメ研いでたら八時半過ぎちゃうよぉぉ)

それも、最短で……である。

冷凍していた残り飯のストックは、昨日の焼き飯で全部使い切ってしまった。

思わず、ため息が出る。

——と。炊飯器のスイッチはすでに保温になっていた。

「……あれ?」

ビックリして蓋《ふた》を開けてみると、ふっくら熱々の御飯が炊《た》けていた。

（これ…ってぇ……）

　蓋を閉めて、尚人は振り返る。

「裕太……ゴハン……炊いといてくれたの？」

（まさか……ホントに？）

　すると。裕太はブスリと口を尖らせた。

「いいから、さっさとしろよぉッ。腹へってんだから」

　それが、裕太なりの照れ隠しだったりするのだろう。

　下手に刺激すると、臍《へそ》を曲げてしまうかもしれない。

「……ウン。サクサクやっちゃうから、待ってて」

　込み上げる感動と笑みを押し隠して、尚人は冷蔵庫から材料を取り出す。

（そっか……裕太がなぁ）

　それを思うと、どうしても唇が綻んでしまう。

（なんにしても、一歩前進だよな）

　少しずつ……けれども、確実に裕太が変わってきている。それが嬉しくてならない尚人だった。

尚人が通う翔南《しょうなん》高校は、誰もが認める県内随一の偏差値を誇る超難関校である。

有名大学進学率トップをブッちぎりで走り続ける翔南の制服は、着たいと憧れる者は多いが誰もが着られるわけではない。

だから。翔南のエンブレムの入った濃紺の制服《ブレザー》をゲットすることは、高校受験の『勝ち組の証《あかし》』とまで言われる。

アッシュグレイのズボンにシンプルな半袖の白シャツ。そんな翔南の夏服にサバンナ柄のエプロンという、普段だったら、まず絶対にあり得ない恰好《かっこう》の尚人の後ろ姿を凝視しながら、

（…ったく。遅くなるんだったら、連絡ぐらい入れやがれってんだよ）

裕太はひとりごちる。

自宅から学校まで片道約五十分——事件前は最短で四十分だったが、最近では人気のない裏道は絶対に通るなと雅紀にきつく言われている——の自転車通学に尚人が復帰したのは、先週の頭。

いつもだったら、とっくに帰ってきているはずの時間になっても帰ってこない尚人を、裕太はイライラしながら待っていた。

尚人の行動範囲はきわめて狭い。ほとんど毎日、家と学校の往復だけで潰れているようなものである。

もちろん、部活はやっていないし、放課後に友達とツルんでダベっているなどということは

考えられない。

自転車がパンクでもしたんじゃないか？

それとも、どこか途中で買い物でもしてるのか？

今日は何とか委員会の日じゃないから、もしかして日直なのか？

いつもきっちり定時下校の尚人が時間になってもなかなか帰ってこない理由を、裕太はあれこれ思い浮かべて一人ヤキモキした。

それでも。『事故』の可能性だけは除外する。

絶対に考えない。無理やりにでも頭の中から閉め出すようにしている。

それを思ったら、ただの不安が不吉な現実になってしまいそうで怖かったのだ。

あんな思いは、もう、二度としたくない。だから、だ。

あの晩《とき》……。

思いがけなく沙也加から電話がかかってこなければ、裕太は空腹感で尚人の帰りが遅いことを毒突いて詰《なじ》るだけで、事故にあった可能性すら考えなかっただろう。ましてや、凶悪な事件に巻き込まれることなど……。

夜中過ぎ。雅紀がいつにない怖い顔つきで家に戻ってくるまで、裕太は、リビングのソファーで一人膝《ひざ》を抱えて過ごした。

あれやこれや、何やかやといろいろ考えて頭がグルグル状態になってしまい、自室まで戻る気になれなかった。いや——足が竦《すく》んでしまって、情けないことにそこから一歩も動けなくなってしまったのだ。

そのとき、裕太は初めて気づいた。独りっきりで家に取り残されていることの、得も言われぬ寒々しさに……。

周囲が、どう思っているのかは知らないが。裕太にとって不登校は無言の抗議であり、引きこもりは逃避ではなく拒絶であった。

だから、世界《日常》から自分一人が孤立しているという悲壮感などはなかったし、独りでいることもまったく苦痛ではなかった。

そう。あの日——までは。

普段は、自室に引きこもったままでも必ず尚人がいたから。決まった日以外は、きっちり定時で尚人が学校から帰ってきたから。裕太は、まるで一種の義務感のように食事の時間になればドアをノックして声をかけてくる尚人が『ウザイ』と思いこそすれ、身体の芯が冷たく痺れるような寂寥《せきりょう》感など一度も感じたことはなかった。

裕太にとって、それが普通のことだったのだ。

なのに。

……あの日。

裕太の日常は、いきなり予想外の非日常になってしまった。

ある日突然、父親が愛人を作って家を出て行ったと知ったときにはショックで頭の中がパニックになった。昨日まではいつもと変わらない我が家の平穏が、いきなり崩壊してしまったのだ。それがどういうことなのか、裕太にはまったく理解できなかった。

大人の事情？

そんなモノはクソ喰らえだった。

父親と母親がいつ、いったいどうして、そんなことになってしまったのか。裕太はただそれがきちんと知りたいだけだったのに、誰も彼もが口を閉ざして、まるで、それに触れてはならないのだと言っているようだった。

自分一人だけが弾《はじ》かれたような疎外感。だから、裕太は逆にすべてを——皆を拒絶するしかなかった。

ところが。暴行事件に巻き込まれた尚人がこのまま家に帰ってこないかもしれないと思ったら——全身の血の気が引いて頭の芯が冷たく痺れた。

尚人がいなくなる？

そんなことは考えたこともなかった。

そしたら……どうなる？

尚人がいなくなってしまったら、雅紀は、絶対に自分を捨ててこの家を出て行くに決まっている。それを思ったら——ゾッとした。

昨日まで……いや、沙也加から電話がかかってくるまでごく『普通』のことだと思っていた日常が、いきなり目の前から消失してしまったような恐怖すら覚えて。それがただの妄想ではなくリアルで生々しい現実になってしまうかもしれないと思うと、裕太は凍りついた。

雅紀と尚人が肉体関係にあることに、ふつふつと滾《たぎ》るような嫌悪感と疎外感をかき立てられても。あるいは、雅紀の関心が自分にはないとわかっていても。裕太は、尚人が絶対に自分を見棄てたりしないことを知っていた。

尚人には、裕太に対する負い目があるからだ。

兄と母が禁忌を犯していることを知りながら、黙っていたこと。そのせいで、姉が篠宮の家を出て行ってしまったこと。自分が、実の兄とセックスしていること。

もしかしたら……裕太が知らないだけで、それ以外にも、まだいろいろと隠し事があるかもしれない。

だから。ある意味、裕太は高を括《くく》っていたのだ。

『尚人は自分を切れないが、自分はその気になりさえすればいつでも尚人を捨てられる。だから、自分がこの家を出て行くと言わない限り、尚人が自分の前からいなくなることは絶対にない』

――と。

欺瞞《ぎまん》だった。

詭弁……だった。

とんでもない思い上がりだった。

それが何の根拠もないただの思い込みにすぎないことを、裕太は、あのときに嫌というほど思い知らされた。

父も。

母も。

雅紀も。

沙也加も。

皆、裕太を見棄ててしまった。

尚人以外の誰も、自分を見てくれない。必要としてくれない。

裕太がどんなに反発しても、尚人だけが手を放さないでいてくれる。

自分が忌避していたことがただの『甘え』であり単なる『逃げ』であったことに、気づいてしまった。

今まで正視しようともしなかった現実が、いきなり頭の上に落ちてきたのだ。

ショックだった。

愕然《がくぜん》とした。

パニクるというよりはむしろ、頭が真っ白になった。

けれども。雅紀にはいっそサバサバと文句は言えても、尚人の前では、どうしても素直になれなかった。

そのせいなのか。あの事件があってから、尚人が時間通りに家に帰ってこないと、裕太はとたんに落ち着かなくなる。

気になって。

苛ついて。

——動悸《どうき》が速くなる。

自室でおとなしく待ってなんかいられない。

もしかしたら、尚人から電話がかかってくるかもしれない。そう思うと、階下のリビングまで降りずにはいられなくなる。

それで、門扉《もんぴ》が開く音がするとホッとため息が漏れて。急いで、自室に戻るのだ。

そして。いつものように、尚人がドアをノックするまでじっと待っている。

五年間のツケは重い。

一朝一夕には過去を精算《チャラ》にできない。

今までが今までだったので、裕太は、自分から尚人に擦《す》り寄ってはいけなかった。尚人が裕太の部屋のドアを叩《たた》いて『出ておいで』と合図してくれるから、裕太はホッとして出て行けるのだ。

尚人は、きっと、そんなことは知りもしないだろう。

裕太だって知られたくない。今更、そんな恥ずかしいこと……。

だから、つい、憎まれ口を叩いてしまうのだ。まぁ、それはいつものことだが。

（だからさぁ。雅紀にーちゃん、頼むからナオちゃんに携帯電話持たせろよぉ）

最近、裕太は痛切にそれを感じる。

そしたら。

尚人が定時に帰ってこなくても、自分から携帯に電話をかけて確認ができる。

そしたら……。

とりあえず、安心できる。

そしたら………。

もう、苛々しなくて済む。

携帯電話さえあれば、いつでもすぐに連絡が取れるという『安心感』を持つことができるのだ。

（ナオちゃんは質素倹約がモットーだから、携帯なんかいらないって言うだろうけど）

たぶん、言う。

きっと……言う。

絶対——言う。

あれで、尚人はなかなかに強情だったりするのだ。普段は滅多に怒ったりしないが、こうと決めたらテコでも動かない。でなければ、雅紀のようにとっくに裕太のことなど見棄てていただろう。

(今どき、携帯も持ってない高校生なんてナオちゃんくらいだよな)

今や、塾通いの小学生には必需品とまで言われているのにだ。

いや……。

もしかしたら。携帯どころか、小遣いすらもらっていないのではないだろうか。

(携帯ひとつで安心が買えると思えば、安いモンだと思うんだけど)

本当に、今度、真剣に雅紀に頼んでみようかと思う裕太だった。

「お待たせ」

御飯ができているおかげで、とりあえずすぐに食べられるようにと、尚人は簡単にできるものを作ってテーブルに並べる。

裕太も、さすがに腹がへっているのだろう。尚人が何も言わないうちに茶碗《ちゃわん》や箸《はし》を出して、椅子《いす》に座る。

そして。尚人が御飯をよそって茶碗を差し出すと、無言でゆっくり食べはじめた。

――と言っても、相変わらず食は細いのだが。

もっとも。同年代の男子に比べれば、尚人も小食の部類にはいるだろう。

尚人は自分はごく普通だと思っていたのだが、翔南高校に入学して弁当を持参するようになって、男子高校生がいかに食欲魔神であるのかを知り啞然《あぜん》とした。

とにかく、食うのである。

部活組など、更にその上を行く。

逆に、中野などは、

『篠宮、おまえ、マジでそんだけしか食わねーの？　もしかして、偏食キング？』

露骨に驚いていた。曰《いわ》く、

『ダイエット食じゃねーんだからさぁ』

尚人的には栄養が偏らないようにと思っての、野菜をメインにしたけっこうな自信作ではあったのだが。

なにしろ、尚人が作る弁当は裕太にとっても朝昼兼用の弁当でもあったので、そこらへん、尚人は自分なりに充分考えたつもりだったのだ。まぁ、裕太の食の細さも考慮して、なるべく食べ残しにはならないように若干控えめではあったが。

要するに、中野の持論では、

『高校生は成長期なんだから、もっとコメを食って肉も食え』

――ということらしかった。

ちなみに、尚人は肉よりも魚の方が好きだ。単純に、肉より魚の方が安かったから、自然と毎日の献立も魚中心になってしまったと言えなくもないが……。

とにもかくにも。

兄弟間の軋轢《あつれき》や確執、そういった感情の齟齬《そご》を含めた問題は様々あっても、根本的なタブーを互いが見ない振りをしていることを自覚していながらも、こうやって裕太と一緒に夕食を食べられることが尚人は嬉しくてしょうがない。裕太が自分の意志で歩み寄ってきてくれている、そのことが目に見える形で実感できるからだ。

これで、雅紀と三人揃《そろ》って食事ができたら最高だと思うのだが、相変わらず多忙な雅紀であるので、その夢はいまだに叶わない。

「ナオちゃん」

「……何?」

「今日、なんで、あんなに遅かったんだよ?」

(ホント、珍しいな。裕太が、メシ食ってるときに話しかけてくるなんて……)

食事中に裕太と会話が弾むことなど、まず――ない。

一緒に夕食を食べるようになっても、裕太はほとんど無駄話をしないからだ。

それでも、尚人は満足だった。独りで食べる味気なさが消えただけでも食卓は華やかになり、食も進んだ。

「帰りがけに、学年主任に呼び出しくったから」

別に隠すようなことでもないので、尚人は事実をありのままに告げる。

「――なんで?」

「んー……ちょっと、頼まれ事」

「――何を?」

束の間、尚人は迷う。事が暴行事件絡みなので、どうしようかと。

それに……。尚人は、まさか、裕太がそこまで突っ込んでくるとは思わなかったのだ。裕太が聞きたいのは『いつになく晩飯が遅れた理由』だろうから、その答えがわかってしまえばそれで気が済むだろうと。

だが。尚人が黙り込んでしまうと、

「なんだよ。おれに聞かせられないような話なのかよ?」

とたんに、裕太の機嫌が悪くなる。

「……そうじゃないけど」

「なら、話せよ。おれにだって、聞く権利あるだろ?　メシ、食いっぱぐれそうになったんだから」

(権利…って……)

いきなりそんなモノを持ち出されて、尚人は面食らう。別に、イヤだと言ったわけでもないのに、正直、どうして話がそこまで飛躍してしまうのか——わからなかった。

（今日は、なんか……珍事のオンパレードって感じ。裕太の奴、どうしたんだ？　なんか……あったのかな）

尚人としては、そっちの方が気掛かりになってしまう。

「だから、何？」

苛立たしげに、裕太の声が尖る。

「俺んとこの学校に、俺のほかにも、こないだの暴行事件の被害にあった奴がいるの……知ってる？」

尚人がそれを口にすると、裕太が一瞬、息を呑むのがわかった。

「塾帰りの三年と、部活帰りの一年——？」

「……そう。三年生の方は今学期中の復学は絶望的だろうって言われてて、一年は怪我の方は完治したみたいだけど、精神的なショックで家から出られないらしい」

裕太は箸を置いて、尚人を凝視する。物を食いながら聞き流しにできる話ではないと思ったのだろう。

「それで、その一年の親が、俺に話を聞きたいって……」

——と。裕太は露骨に眉《まゆ》をひそめた。

「なんの？」

「だから、どうやったら、その……ショックを乗り越えられるのかって」

「──マジで？」

「……マジ」

「その親、バッカじゃねーの？」

　辛辣である。

「相手違うじゃん」

　もっともである。

「つーか、スゲー無神経でムカつく」

　まさか裕太の口からそんな言葉まで出るとは思わなくて、驚く。

「ムカつくって……何が？」

「だって、フツー、聞かねーだろ？　そんな、人の傷を掻《か》きむしるようなこと。自分とこの子どもが同じ目に遭ってトラウマ持ちになってんだぞ？」

　真剣に吐き捨てる裕太の唇が、わずかに歪む。

「それに……なんか、イヤだ」

「イヤ？」

　思わずオウム返すと、裕太はほんの少しだけ目を伏せてボソリと漏らした。

「だって……そいつはケガが治ったのに学校に来てないんだろ？　なのに、ナオちゃんは松葉杖ついて登校してんじゃん。ンでもって、学校の奴らはみんなそれ知ってンだろ？　それって……そいつにとったらバリバリにプレッシャーじゃねー？」

何が？

――とは、問うまでもない。校長室で野上の母親と会って、尚人も、裕太と同じことを思ったのだから。

いや……。

初めて気づいた、というべきか。

「もし、おれがそいつだったら……なんでそんなよけいなことすんだって、親、ド突き回すかもな」

過激である。裕太だったらやりかねない……と思わせるところが、特に。

「だって『同じ被害者なのに、ナオちゃんと比べてウチの子は軟弱なんです。ケガも治ったのに学校に行こうともしない根性ナシなんです。いったい、どうしたら、ナオちゃんみたいになれるんでしょう？』とか、言ってるのと同じじゃん。マジ、ムカつく……」

返す言葉に詰まった。

裕太の言っていることは過激な歪曲《わいきょく》ではない。

その口ぶりが孕む切迫感には天と地ほどの開きはあっても、そこに愛情の有無はあっても、要約すればそれに尽きる――ように思えたからだ。

するると、裕太は。

「あー、けど、もしかしたら、暴行事件のショックでヨレてるとこにダメ押しで回し蹴りくらって、このまま不登校の生き腐れになっちまうかもな」

更に、トドメを刺してくれた。

「ンで？　ナオちゃん、そのダメ親になんて言ったわけ？」

「俺は俺で、彼は彼なんだから。……だから、俺を引き合いに出してあれこれ言わない方がいいんじゃないかって」

裕太は、一瞬――目を瞠り。そして、クスリと笑った。

「ふーん……。やるじゃん」

「それしか言いようがないだろ？」

周囲が何をどんなふうに思おうと、野上の母親が真剣に悩んでいることには変わりはないのだから。

「まっ、どんなふうに受け取るかはダメ親の勝手だもんな」

「精神的ショックがこれ以上深刻にならなきゃいいよ」

世間的にＰＴＳＤ（心的外傷後ストレス障害）の認識は高まってはいても、実際にその症状は人それぞれで、その切実感も辛さも他人にはわからないだろう。

理解したい。それが真摯な気持ちからであっても、だ。

その痛みを知ることができれば、理解できる——そう思うこと自体が、すでに傍観者の驕《おご》りのような気がする尚人だった。

それでも、

「どんなに時間がかかってもいいからさ。ちゃんと元気になって復学してほしいって、みんな真剣に思ってるんだから」

その気持ちに偽りはないのだが。

しかし。裕太は、賛同もしなければ否定もしなかった。ただ、食べかけのサラダに箸を伸ばしただけで。

野上のこともそうだが、尚人には、何より裕太のことが最優先であることに変わりはなかった。

(まっ、今更焦ることもないよな。先は長いんだから、ゆっくり行けばいいんだし)

裕太が変わりはじめた兆候は確実にある、それだけでよかった。

§§§§§　　§§§§§　　§§§§§　　§§§§§

午後十時過ぎ。

風呂から上がって、ミネラルウオーターを片手に自室に戻った裕太《ゆうた》は、ごろりとベッドに寝そべった。

今日は、尚人《なおと》といっぱいしゃべった。この数年間の苦渋に満ちた刺々《とげとげ》しい空白が、まるで嘘《うそ》のように。

最初は、上手《うま》く会話が繋《つな》がるかどうか不安だったが。しゃべりはじめたら、そんなモノはただの杞憂《きゆう》にすぎなかった。

(なぁんだ、そうなのか?)

そう思ったら、なんか……気が抜けた。

そうして、今更のように気づく。疎外感という妄想に凝り固まった殻を打ち破るのに、ずいぶんと時間を無駄にしてしまったのだと。

本当に欲しかったモノは、すぐそこにあったのに……。見えていたのに、視《み》ていなかった。手を伸ばせば摑《つか》めたのに、忌避《きひ》し続けていたのは誰でもない——自分だった。

沙也加《さやか》は、雅紀《まさき》に弾《はじ》かれた。

裕太は、雅紀に選ばれなかった。

雅紀が母親と肉体関係にあったと知った日から、兄に『選ばれる』ということは母親の身代わりで性欲の捌《は》け口にされることだと思っていた。

ずっと……そう思い込んでいた。

だから。雅紀と尚人がそういう関係なのだということを見せつけられて、憤激と嫌悪感が身体の中で渦巻いていた。その毒で自家中毒を起こしてしまいそうになるほどに。

身内を喰《く》らうケダモノな雅紀が嫌いだった。

その雅紀に抱かれている尚人が許せなかった。

——なのに。

その一方で、高校生のときからすでに『大人』であった雅紀《長兄》に認められたいという飢渇感が消えない。それが悔しくて、痛くて……どうしようもないくらいに屈折した感情を持て余していた。

けれども。その激情は、尚人が決して自分を見棄てないという確信の上に成り立ったものであることに裕太は気づいてしまった。

裕太は、自分が好んで、引きこもりという『カゴの鳥』状態に甘んじているのだと思っていたが。そうではなかった。カゴの鳥でいなければ、誰からも必要とされなくなる自分が怖いだけだったのかもしれない。

雅紀は、言った。

『俺は、ナオにしか発情しないいんだよ』

『自分が歪《ゆが》んでるのがわかってるから、おまえに、エラソーに説教するつもりはない』

――だが。

生温《なまぬる》い家族ごっこをするつもりもなければ、スネてるだけの厄介者《ガキ》をいつまでも飼っておけるほど優しい人間でもないのだと。

『甘ったれてないで、変われ』

その言葉の裏には、

『いつまでもナオの愛情をタダ喰いできると思ったら大間違いだぞ』

ヒヤリとするような棘《とげ》を感じた。

雅紀の言う『発情』が『愛してる』の同意語であることは、この間、二人がセックスしている生々しい現場を覗《のぞ》き見して思い知らされた。本当に、雅紀は尚人しかいらないのだと。

『お兄ちゃんは、尚さえいればそれでいいのよ。篠宮《しのみや》の家にしがみついてたって、あんたのいる場所なんかどこにもないんだから。だから、加門《かもん》の家に来なさい。おじいちゃんもおばあちゃんも、その方がいいって言ってるんだから』

沙也加の言うことは正しい。

すごく、正しい。ある意味、裕太の神経を逆撫《さかな》でにするほどに。

雅紀が尚人にしか発情しない『ケダモノ』なら、雅紀に抱かれて悶《もだ》える尚人の喘《あえ》ぎ声で自慰に耽《ふけ》る自分も、やはり――ケダモノなのだろう。

裕太は、それを自覚してしまった。

――だから。

裕太はもう、どこにも行けない。

篠宮の家にしか、棲《す》む場所がない。

(だから、絶対、雅紀にーちゃんに認めさせてやる)

自分が、尚人の愛情をタダ喰いしているわけじゃないことを。

雅紀の足枷《あしかせ》にも、尚人の手枷にもならない。この家で、ちゃんと家族の一員になれることを証明してやるのだ。

雅紀に。

尚人に。

そして、沙也加にも。

§§§§§　§§§§§　§§§§§　§§§§§

午前零時少し前。

雅紀が篠宮の家に戻ってきたとき、すでにリビングの明かりは消えていた。

ソファーに鞄《かばん》とジャケットを置き、雅紀は、そのまま一階突き当たりの部屋のドアを軽くノックする。

ノックはしても、返事を待たずにドアを開けて入る。それも、いつも通りのことではあったが。

「お帰りなさい、雅紀兄さん」

机の上に英語のテキストを広げたまま視線だけやって、尚人が言う。

「ただいま」

ゆったりとした足取りで歩み寄って、雅紀は尚人の髪に軽くキスを落とす。

そういう雅紀の愛情表現には、まだ……慣れない。尚人はくすぐったそうにテレて、わずかに首を竦《すく》めた。

「宿題か？」

「ウン。提出日は来週の頭なんだけど、ほかにもいろいろあるし。得意な方から先に片付けてしまおうかと思って」

「そうか」

どういうわけか知らないが、篠宮家の兄弟は語学に強い。雅紀はその外見もあって、英語がしゃべれて当然……という『常識』を裏切らないし。その語学力は海外へ出ることも多いモデルという職業柄、ますます磨きがかかっている。

将来は海外に留学したいと思っている沙也加の英語好きは、当然、雅紀の影響だし。身に付く資格は取っておいて損はない――がモットーの尚人はけっこうな資格魔で、すでに英検の二級を持っていた。裕太は――今のところ未知数だが、耳はいいのでその気になれば会話には困らないかもしれない。

それは、ともかく。足が完治しても尚人は二階の自室には戻らず、結局、この部屋を使っている。

この部屋は母が亡くなった部屋でもあり、最初は尚人もかなり抵抗があったのだが。家事をやるには、いろいろと都合がよかった。

何より、雅紀とのセックスの最中に、壁を一枚挟《はさ》んだだけの裕太の存在を気にしないでいられることが一番の理由だったかもしれない。

雅紀的には、となりの部屋に裕太がいようがいまいが別段気にもならない。だが、雅紀を受け入れられても常識的な禁忌に縛られている尚人は、そこまで吹っ切れない。

「――ナオ」

「なに？」

「夕方、学校から携帯に電話があったぞ」

「……え？」

「野上《のがみ》とかいう一年生の親に、頼まれ事をされたんだって？」

「あ……校長先生から聞いたの？」

「いや。学年主任」

「そうなんだ？」

尚人も、雅紀が帰ってきたら相談しようと思っていたのだ。

「学校側としても、けっこうデリケートな問題だからな」

暴行犯は逮捕されて、一応、事件は終わったが。かなりの実害が出ている以上、当事者にとってはこれからが正念場でもある。

翔南《しょうなん》高校だけではなく、各学校ともその問題には頭を悩ませていることだろう。

実際、学校長の林田《はやしだ》からは事前に連絡は受けていたのだ。同じ暴行事件の被害者である一年生の親から、そういう申し出があって、どうするべきか……尚人の保護者である雅紀の意見を聞きたいと。

林田の口ぶりから察するに、だいぶ苦慮しているようだった。

野上側の切実な気持ちもわかるが、まだ身体の具合も本調子ではない尚人に学業以外のことで負担はかけたくない。学校長として最優先すべきは保護者の要望ではなく、生徒本人の心身の安全を確保することである。

だが。

それでも――と、林田は言うのである。

事件が事件であることもあり、同じ翔南高校の生徒として、学校側としてはどちらに重きを置くということもできない。だから、判断は雅紀に任せたいと。

それが体《てい》のいい責任逃れだなどとは、思わなかった。むしろ、こちら側の意思を最大限に尊重してくれるという意味に雅紀は解釈した。

なので。雅紀としては、尚人の体調が完治しない限りは受け入れられないことをはっきりと伝えた。

理不尽なアクシデントに見舞われた被害者同士だから、互いにできることは協力し合おうというボランティア精神など、雅紀にはない。

実を言えば、今回の事件で『被害者の会』を作ろうという誘いがあったのだが。雅紀はきっぱりと断った。発起人がどこの誰なのかは知らないが、雅紀を広告塔にしようという見え見えの誘いなどかえって胸くそが悪くなるだけであった。

そういうのは、暇と熱意と正義に燃えた者が好きにやればいい。補償だの訴訟だの、そんなモノに関わり合っている時間など雅紀にはない。

利己主義と罵倒《ばとう》されても、なんら構わなかった。

野上の件にしても、雅紀にとっては尚人がすべてなので、尚人に害を為すモノは排除したいと思うのはしごく当然のことであった。

事のついでに、相手側にも、先走って勝手に尚人に接触してくれるなときっちり念押しをして欲しいと要望しておいた。約束が守られなかったときには相応の処置を執ることも辞さないと、言外に匂《にお》わせて。

一連の報道で、雅紀が確固たる意志を貫くポリシーの持ち主であることは充分に理解していたのだろう。林田はよけいな無駄口は叩《たた》かず、了承した。

その後、林田の代わりに学年主任から電話があって、尚人の足もよくなっているらしいのでどうだろうか——と、連絡を受けた。野上の親からの要望を、これ以上、断り切れないのだという。それで、渋々でも受け入れざるを得なかったのだ。

もしかしたら、その間に、不登校を続けている一年生の精神的ショックも和らぐかもしれない。実のところ、雅紀は密かにそれを期待していたのだが……。誰もが皆、尚人のように『しなやかに強く』はなれないらしい。

だからといって、その少年が打たれ弱い——などと決めつける気はなかったが。

「……で？　おまえは、どうしたいんだ？」

ベッドの端にどっかりと腰を据《す》えて、雅紀がそれを問いかける。

「んー……。俺的には、あんまり関わらない方がいいのかなぁ…って」

（へぇー……。そうくるか？）

意外だった。

尚人のことだから、自分にできることがあればとりあえずやってみる。てっきり、そう言うかと思っていたのだが。

「どうして？」

「今のままじゃ、野上が可哀相すぎて何とかしたい…っていう親の気持ちはわかるけど。でも、親の熱意がかえってプレッシャーになるってこともあるでしょ？」

「俺は細かい状況まで聞いたわけじゃないから、そこらへんのことはわからないが……。そういう感じだったのか？」

「ウン。ホントにすっごく心配はしてるんだろうけど、なんか……熱心すぎて逆にヤバイ——みたいな」

（熱心すぎてヤバイ……か）

尚人は感情の機微には聡い。その尚人がそう感じるくらいなのだから、たぶん、そう……なのだろう。

要するに、過干渉で子離れできない親——なのかもしれない。

それを思って、雅紀は、内心苦笑いをする。

（なんか……他人事とは思えないよな）

雅紀の場合、執着の権化で弟離れできないダメ兄だ。自覚して更に開き直ってしまっている分、もろにタチが悪い。

「何でもいいから慰めてやってくれ……とか言われても、俺、困っちゃうよ」

「そう、だな」

それは、最後の丸投げという気がしないでもない。

親ができないことを他人に押しつけるな、と言いたいところだ。

「でも、一応考えとくって言っちゃったから……」

基本的に、尚人はそういうことは見過ごしにはできないタチなのだ。

だが。気持ちとは裏腹に、頭のどこかでイエロー・シグナルが鳴るのだろう。深入りしてはマズイ、と。

「こもりっきりっていうのは、やっぱりよくないかなって。俺は……同年代の友達がいてくれて、すごく楽になれたから」

「……桜坂《おうさか》君?」

「ウン。桜坂とか、中野《なかの》とか山下《やました》」

何の含みもなくスラスラと口を突いて出るその名前に、雅紀は、つい最近まで尚人の登下校を車で送り迎えしていたときのことを思い浮かべた。

件《くだん》の三人は、毎朝、揃《そろ》って校門で尚人を待っていたのだ。いや——待っていたのは、別にその三人だけではなかったが。

(硬派で強面の桜坂君《ジャーマンシエパード》、物怖じしない中野君《シベリアンハスキー》、茶目っ気の山下君《柴犬》……か)

遠巻きのミーハー軍団とは違って、その三人だけがやたら目立っていたことは確かだ。

雅紀が彼ら三人をそれぞれ犬に喩《たと》えて呼ぶと、尚人は一瞬……双眸《そうぼう》を瞠《みは》り、次いで、爆笑した。

幸せだった子ども時代は別にして、雅紀はここ数年、尚人がそんなふうに腹の底から声を上げて笑うところなど見たことがなかったので、逆に絶句してしまったが。

雅紀の高校時代の友人も個性派揃いだったが、尚人も負けてなかった。やはり、友人は量より質である。

「家族って何も言わなくてもわかってくれるから、安心してベッタリ寄りかかっちゃうでしょ？　でも、友達は、けっこうズケズケ言いたいこと言ってくれるしね。なにげに普通に刺激があって、俺は……すごく嬉《うれ》しかった」

尚人の言いたいことは、雅紀にもよくわかる。

雅紀が一番きつくてへたり込みそうだったとき、本気で叱《しか》り飛ばして、本音で励まし、絶対的な信頼をもって助けてくれたのは友人だった。彼らがいてくれたから、雅紀はヨレそうになってもしっかり自分の足で立っていられたのだ。

そんなものだから、雅紀は高校時代の友人からの誘いは基本的に断らない。もちろん、都合がつけば——だが。

「だから、野上にも、そういう息抜きをして欲しいんだよ」

「息抜き、ねぇ」

「……ウン。別に学校じゃなくてもいいから、どこか、家じゃない別のところで。ゆっくり、深呼吸できる場所を見つけて欲しいかなって」

だが。

尚人自身、その『避難所』になる気はないのだろう。

いや。

なってもらっては、雅紀が困る。

ようやく、自転車通学ができるまでに体調が戻ってきたのだ。それでも、ひと頃に比べてずいぶん体重が落ちてしまったのは丸わかりで。尚人にはこれ以上、余計なストレスを抱え込んで欲しくない。

たぶん、尚人もそれはわかっているのだろう。

「だから、それを手紙に書いてみようかなって」

「手紙か」

「慰めるっていっても、俺がそれをやるのは違うかなって……。俺が何を言っても、なんか……傷を舐《な》め合うだけのような気がするし。雅紀兄さんは、どう思う?」

「いいんじゃないか? 手紙で。そうすれば、一応、約束は果たせるんだし」

「……そうだね」

唇の端をやんわりと和らげて、尚人はホッと息を吐いた。

もちろん。

「俺としては、おまえが必要以上に入れ込まなきゃそれでいい」

雅紀は、やんわりと釘《くぎ》を刺すことを忘れない。

「……ン。わかってる。人のことより、まず自分がちゃんとしてないとね」

雅紀が言いたかったことを、尚人はきちんと理解している。それが嬉しくて、雅紀の唇もつい綻《ほころ》んだ。

「あ……雅紀兄さん。腹、へってない？　お茶漬けでも作ろうか？」

（茶漬けなぁ……）

このタイミングで、それはどうよ？

――と思わないでもなかったが。尚人にしてみれば、約束事の解決策が成ったのでホッとしたのだろう。

――が。

茶漬けより食いたいモノが、雅紀にはある。

「……ナオ。こっち、来て」

とたん。ほんの少しだけ、尚人は身体を強張《こわば》らせた。

「ナァオ？」

雅紀が目で促すと、尚人は、その琥珀《こはく》の眼差しに魅入られたようにぎくしゃくと立ち上がった。

その手を摑んで、背中越しにゆったりと腕の中に抱き込む。

そうすると、すっぽりと腕の中に収まってしまう線の細さを嫌でも自覚しないではいられない。雅紀は今更のようにため息を漏《も》らした。

「んー……まだ、まだだな。ちゃんと、しっかり食ってるか？　ナオ」

「……食ってる」

先ほどまでに比べれば、尚人の声はずいぶんと小さい。

そんな尚人の耳元に唇を寄せて、

「じゃあ、俺にも食わせて」

囁《ささや》くと。尚人の耳朶《みみたぶ》は……首筋は瞬時に赤く染まった。

「……食って、いい？」

尚人はわずかに項垂《うなだ》れたまま、返事をしない。

「ナぁオ？」

ヒクリと、尚人の鼓動が跳ね上がる。その響きがダイレクトに伝わって、雅紀は片頰《かたほお》で薄く笑った。

雅紀がいつも尚人に呼びかけるイントネーションとは違うその響きに、尚人が性的な刺激を感じることを雅紀は知っている。

だから。雅紀は、始める前はいつも、

「ナぁオ?」

わざと、そういうふうに呼んでやるのだ。

人前では決して怜悧《れいり》な口調を崩したことのない雅紀が、

『ナぁオ』

独特の甘さを孕《はら》んで、囁く。これは、二人だけの儀式なのだと。

やんわりと、耳朶を食《は》んで。教えてやる。

『今から、気持ちいいことしような?』

——と。

俺と、おまえで。

『気持ちよくなろうな?』

そう……刷り込む。

『セックスは怖くない。気持ちがいいモノなのだ』

——と。

雅紀にとって、言葉遊びはただの暇潰《ひまつぶ》しではない。大事なセックスの前戯だった。

尚人とのそもそもの始まりが、最低最悪な強姦《ごうかん》だったから。その悲惨な体験が、尚人のトラウマになってしまったから。だから、尚人が竦《すく》んでしまわないように、雅紀は前戯にはたっぷり時間をかける。

異性との刹那《せつな》的な肉体関係しかなかったときは、牡《おす》の本能のままに振る舞うことに何のためらいもなかった。溜《た》まったモノを吐き出す。それだけだった。

だが、尚人とのセックスは違う。

挿入することだけがセックスではない。それを、知ってしまった。

自分の甘い言葉で、尚人の身体の強張りが解けていく。

淫《みだ》らな囁きで、ウブな弟が羞恥《しゅうち》に染まる。

それは、突いて――抉《えぐ》って、射精する悦楽とはまったく別の快感だった。

「どうした？　ナオのここ……ドキドキしてるな」

パジャマ代わりの薄いTシャツ越しに、左胸を撫でる。ゆったりと掌《てのひら》でさすり、指で乳首の在処《ありか》を確かめる。

そのままゆるゆると指の腹でこすると、

「ほぉら、乳首も勃《た》ってきた」

尚人の首筋は更に真っ赤に染まってしまう。

息を詰め……項垂れ、所在なげにシーツを握りしめるその指は、

「可愛《かわい》いな、ナオ。俺に弄《いじ》って欲しくて、こんなに乳首を尖《とが》らせてるんだ？」

囁きざまに舌先で耳をねぶると、ヒクリと震えた。

「だから、ちゃんと弄ってやろうな」

Tシャツの下から手を潜らせ、直に、乳首を抓《つま》む。

とたん、

「……ン…ぁ……」

尚人の脇腹がわずかに痙《ひきつ》れた。

「ナオは、左の乳首の方がイイんだよな？」

尖りきった乳首に芯《しん》ができるまで、抓み揉《も》んでやる。

尚人がより感じる左の乳首はきつく、右は指の腹だけで押し潰すように。

そうやって左右の強弱をつけて弄ってやると、尚人は、

「あ…ン……」

ときおり掠《かす》れ声をこぼして、より深く雅紀の胸に寄りかかってくる。

「ほら、芯ができてきた」

痼《しこ》りきった乳首を乳暈《にゅううん》ごと抓んで、やんわり……捻《ねじ》る。

「ヤ…痛…ぃ……」

「噛《か》んで……吸って欲しい？」

尚人の息が、一瞬——詰まる。

「ナァオ?」

答えを促すように、もう一度きつく捻ると。尚人は息を噛んで、小さく頷《うなず》いた。

「ちゃんと、言って」

「……吸って……」

「――どこを？　ちゃんと言ってくれないとわからない」

「ち…くび……かんで――吸って……まぁ…ちゃん」

息を途切らせながら、それでも、必死に言い募る。欲しいモノはちゃんと口にしない限り雅紀は決して与えてくれないと、知っているからである。

普段は『雅紀兄さん』としか言わない尚人が、二人だけの秘め事になると、甘く掠れた声で『まーちゃん』と呼ぶ。

尚人に『まーちゃん』と呼ばれるのが好きだった。それが、記憶の中の幸福――唯一の郷愁を感じさせるからだ。

「いい子だ、ナオ」

雅紀は尚人の髪を撫でながら、柔らかなキスを落とす。それで、尚人がひとつ大きく胸を喘がせると、

「ちゃんと、あとで吸ってやる。その前に――ここ……」

囁きながら、雅紀は、半勃起《はんだち》になった尚人の股間《モノ》をやんわりと握り込んだ。

「ナオがオナニーしてないことを、ちゃんと調べてからだ」

ときどき、雅紀はひどく底意地が悪い。

そういうときは、必ず——何かしら、雅紀の地雷を踏んでしまったときで。いったい、それが何なのか……自覚のない尚人は、狼狽《うろた》えてしまう。

今も、そうだ。

煽《あお》るだけ煽って、突き放す。

いつもは始まる前にたっぷりと甘いキスをくれるのに、それも……してくれなかった。

尚人は不安になる。いったい何が、雅紀の機嫌を損ねてしまったのかと……。

「ナオ、腰上げて」

下着ごと短パンを一気にズリ下げられると、半勃起になった股間のモノが嫌でも目に入る。

乳首を弄られただけで下腹に熱が溜まって、中途半端にジクジクと疼《うず》いた。

その証《あかし》を目の前に突きつけられると、いたたまれなくなる。

普通に雅紀に抱かれているときには、どこもかしこも熱くて、息が上がって、頭の芯まで蕩《とろ》けてしまうから。自分が今、どんな恰好《かっこう》をしているのかとか、どれだけ淫らに喘いでいるかとか、そんなことは気にもならない。

いや……。構っていられない。

そんなことを思う余裕すらないのだ。

けれど。こんなふうに中途半端に放り出されると、変に身体が疼いたままで……。妙に羞恥心がブリ返してきて、身の置き所がなくなってしまう。

それは、雅紀の膝《ひざ》の上で股間を剝《む》き出しにされると更なる羞恥に何かしらの不安が加味されて、尚人の鼓動は一気にドクドクと逸《はや》った。

「まー…ちゃん。オナニ…なんか、してない。俺……してない」

それを口にせずにはいられなくなる。

自慰なんか、しない。

できるはず——ない。

前にそれがバレて、

『俺は、同じことを二度言わせるバカは嫌いだ。平気で約束を破るような奴も。だけど、すぐにバレるような嘘でごまかそうとする奴は……もっと嫌いだ』

仕置きをされたときの痛みと雅紀の怖さを、尚人はしっかり覚えている。

それに……。雅紀の愛撫《あいぶ》に慣らされた身体はどん欲で、尚人の稚拙《ちせつ》な自慰ではイけないことを知ってしまった。

だから、自慰なんかしない。

できない。

雅紀が仕事で三日以上も留守にすると身体が妙に疼いて、たまらなくなる。思わず股間に手が伸びそうになるのを我慢して、結局、夢精して下着を汚したこともある。

だが、それだけだ。

すると。雅紀は。しっとりと深みのある声で、

「んー……わかってる。でも、ナオはときどき嘘つきだからな……。ちゃんと調べておかないと」

クスリと笑った。

「俺との約束、ちゃんと守ってるってわかったら、御褒美《ごほうび》に、ナオの好きなとこ……いっぱい舐めてやる。乳首も、噛んで吸ってやる」

甘く優しい声が、尚人の鼓動をあやすように耳をくすぐる。それだけで、尚人は、途切れかけていた情欲がゆっくりと芽吹くのを感じた。

(可愛いなぁ、ナオ。おまえは、ホントに可愛い)

後ろ抱きに膝に乗せられて股間を剝き出しにされるその体位が、尚人は好きではないと知っている。

虐《いじ》められて、泣かされると思っているのだ。

尚人に『好きだ』と告げる前、雅紀にさんざん嬲《なぶ》られたことが記憶の底に焼きついているのだろう。

特に先端の蜜口《みつくち》を指の腹で擦《こす》り上げ、過敏になったその秘肉を爪《つめ》で弾いて剝き出しにすると、喉《のど》を引きつらせて啼《な》く。それで、ピンク色に盛り上がった粘膜が赤く熟れるまで弄ってやると、尚人は身悶えてえずいた。

『ヤッ……だ……。しないで……そこ、しないでッ……』

『まーちゃん……ヤだ……まーちゃん』

掠れて引きつった尚人の喘ぎに、煽られる自分がいる。

暗く澱《よど》んだ情欲がねっとりと頭をもたげてきて、雅紀は、嬉々《きき》として尚人にむしゃぶりつく。最後の精液の一滴まで、残らず扱《しご》き出すために。

そんなとき、雅紀は、自分が本当にケダモノになったような気がした。

だから。尚人はいつも、膝の上に乗せられただけで身体を硬くするのだ。むろん、それを承知の上で雅紀は尚人の股間を開かせるのだが。

尚人は、甘く優しいキスが好きなのだ。

唇を軽く啄《ついば》むだけでもいい。たっぷりと甘やかされて抱きしめられるだけで、満足してしまう。

どれだけ濃密なセックスを重ねても根本的なところでウブな素直さを喪《うしな》わない弟が、雅紀は愛《いと》しい。

雅紀の想いを全身で受け止めて、それでも、心の底では二重の禁忌に縛られて怯《おび》えている弟が——可愛くてならない。

だから。

雅紀は教えてやるのだ。もう二度と、自分は尚人の手を放すつもりはないのだと。

放してやりたくても、放せない。

(だって、俺は、おまえしか要らないんだから……)

——だから。

尚人が雅紀以外の誰も見ないように、その身体ごと、むしゃぶり尽くしてやるのだ。

甘い言葉と、淫らな快楽。

そして、情愛という執着で雁字搦《がんじがら》めにしてやるのだ。

そうすることでしか満たされない歪んだ自分を、雅紀は自覚していた。

股間の薄い恥毛を撫でるように梳《す》かれて、ビクリと、鼓動が跳ねた。

雅紀の長くしなやかな指が、ゆったりと絡みついてくる。半勃起になった茎《モノ》にではなく、柔らかな袋に収まりきった双珠《そうじゅ》に。その手触りと重さを確かめるように、ひとつずつ。

指の先で、弄り。掌で——くるむ。

愛撫と言うにはもどかしく、柔らかな刺激。

Tシャツは着たまま、下半身だけを剝き出しにされて雅紀にそこを弄られていると思うだけで——尚人は感じてしまう。

ドキドキと逸る鼓動に煽られて血が疼き、下腹にどんどん熱が溜まっていく。

中途半端に放り出されたままだった快感に、緋が走る。

そうなるともう、何も隠せない。股間の中心がきっちり勃《た》ち上がってしまうと、頭の後ろで雅紀が薄く笑う気配がした。

「やっぱり、ナオは、タマを弄られるのが好きなんだ？」

ダメ押しのように言われて、尚人は顔面が焼けつくような気がした。

「初めてこれを揉んでやったとき、ナオ、すぐにイッちゃったもんなぁ」

喉で思い出し笑いをしながら、雅紀は指の先で片方の珠を軽くクニクニと弄る。

とたん。爪先まで、ピリッと電流が走ったような気がした。

「それで、タマをしゃぶってやったら、ワンワン泣いちゃったしな」

「あ……あれは……」

覚えている。

足をM字に開かされて、雅紀の腕を重石代わりにのしかかられ、指でさんざん弄られて過敏になった珠をひとつずつ念入りにしゃぶられたのだ。

「気持ちよすぎて、頭が蕩けてしまいそうだったんだよな」

「……ちが、う。……まーちゃんが、痛くしたから……」

初めて雅紀にフェラチオをされたときにはただ泣きたいほどに恥ずかしくて、腰が抜けただけだったが。口の中で珠をグニグニと食まれ、絡めた舌でたっぷりと舐め上げられてきつく吸われると、珠がちぎれてしまうかと思った。

気持ちいいというよりも、痛くて。

快感よりも……怖くて。

なのに、その裏筋まで舌でねぶられると身体中に震えがきて。もう……どうしようもなかったのだ。

「痛いくらいに感じすぎて気持ちよかったんだろ」

言いながら、雅紀は指先にわずか——力を込める。

「ナオのここは、乳首と同じだからな。タマを揉まれると乳首もキリキリに尖る。そうだろ？だからナオは、ここを弄られながら乳首を吸われるのが大好きなんだ」

頷く代わりに、尚人はわずかに唇を噛んだ。

雅紀は、何でも知っている。

尚人のどこがよくて、何が弱くて、どういうふうにされるのが好きなのか。だから、雅紀には何も隠せない。

「だから、ここも揉んでやろうな。ナオの乳首が痛いくらいに尖るように。ここはナオのミルクがいっぱい詰まってるから……。全部搾《しぼ》り取って、空にしておかないと。ナオがオナニーしなくてもいいように」

囁きはどこまでも甘く、淫らだ。

けれども、蜜の詰まった双珠を揉みしだく雅紀の指は決して甘くない。

「まー…ちゃん、痛い……」

「違うだろ、ナオ。痛いんじゃなくて、気持ちいい……。そうだよな？　だって、ナオのすっごく硬い」

耳朶を舌でねぶりながら、もう片方の指で尚人の茎を撫でる。

「痛いだけだったら、こんなにカチカチにならない」

「……ンッ…」

違う。

……そうじゃない。

尚人のそれが硬くいきり勃っているのは、雅紀が耳元で囁くからだ。

しっとりと深みのある雅紀の声がゾクゾクと鼓膜を刺激して、尚人の身体を熱くする。どこもかしこも……。

だから、痛いくらいにタマを揉まれているからじゃない。

なのに。

袋ごと雅紀の大きな掌にくるまれて痛いくらいにそこを揉みしだかれると、両の乳首が尖った。

左の珠を指で抓まれると左の乳首が、疼き。右の珠をクリクリと弄られると、右の乳首がキリキリと尖った。

「ヤ…だッ……。まーちゃん……痛い……」

唇を歪めて、尚人が漏らす。

「嘘つきだなぁ、ナオは」

甘く囁きながら、雅紀は珠を抓み揉む。

ゆっくり。

柔く……。

——きつく。

「やッ……や、だッ。まーちゃん……痛い……いた…い……」

珠を揉まれるごとに、乳首が尖る。

硬く。

痼って……。

芯が——通った。

胸が……乳首が痛くてたまらない。

痛くて。

じんじん痺《しび》れて……。泣けてきた。

「まー……ちゃんッ……もぉ、しないで……痛い……」

「何が痛いんだ、ナオ」

「乳首……乳首が、痛い」

——と。雅紀は、口の端をやんわりと吊《つ》り上げた。

「ここ……タマを揉まれると、乳首が痛い？」

尚人は、こくこくと頷く。

雅紀は布越しにそっと尚人の乳首に触れる。

とたん。

「ヒッ…ぁ……」

尚人が身体を引きつらせた。

(尖って芯ができてるな。ふーん……俺がタマを弄ると乳首が尖るって言ったから？)

雅紀は、クックッと喉で笑う。

(こういうの……なんて言うんだっけ？　プラシーボ効果？)

偽薬を本物と信じ込ませて飲ませるとそれなりの効果が出る。それをプラシーボ効果と言うが、尚人の場合は雅紀が甘い言葉で囁いて快感を引き出し、念入りに刷り込んだ結果だろう。

(可愛いなぁ、ナオ。ホント、どうしてそんなに素直なんだかなぁ)

雅紀は、項垂れて身体を強張らせたままの尚人の髪を梳き上げてキスを落とす。

そして。その耳元でやんわりと囁いた。

「ナオ、Tシャツ脱いで。乳首、吸ってやるから」

尚人は言われるままに、ぎくしゃくとTシャツを脱ぐ。

「いい子だ。じゃあ、こっち向いて」

膝立ちでゆっくり尚人が振り向くと、雅紀はにっこり笑った。

「おいで、ナオ」

そのまま尚人の腕を取って、抱きしめる。

そうして。

とびきり甘く、雅紀は囁いた。

「御褒美だからな。ナオの好きなとこ、いっぱい舐めて……吸ってやる」

そこを痛いくらいに揉みしだかれて尖りきった乳首を噛んで吸われると、快感が爪先まで走った。

ジンジン痺れて。

ズキズキ疼いて。

どこもかしこも、トロトロに淫らに蕩けてしまいそうだった。

「まー……ちゃん……まぁ、ちゃん……」

頭の芯がズクズクになって、尚人はひっきりなしに喘ぎを漏らす。

溜まった熱と、愉悦の渦が重なり合って。

弾き合って……。

尾てい骨から背骨に絡みついた快感がウネウネと這《は》い上がってきて、尚人は、

「あっ……あっ……ンッ……はぁぁッ……」

背をしならせ。

……喉を反らせ。

ブルリと脇腹を引きつらせて。

その瞬間、蜜口が灼《や》けるような昂《たか》ぶりを放った。

《＊＊＊トライアル・ゾーン＊＊＊》

大学進学率ほぼ１００％を誇る進学校の翔南高校では、毎朝、通常の授業が始まる前には必須の課外授業がある。

予習・復習はやって当たり前。一日七時間授業は当然の『常識』であった。

それゆえに、日常生活の自己管理能力やモチベーションの有無が試される。もちろん、将来的なビジョンを確立できているかどうかも。

高校受験は義務教育の集大成ではない。己の進むべき道への新たな第一歩である。ゆえに、とりあえず翔南高校への入学が目的——などというレベルの低い志では、生き残れない。順応できない者は、必然的に落ちこぼれていくだけなのだ。

それがいいとか悪いとかは別にして、毎年、それなりの数が進級できずに留年ではなく自主退学を選ぶのも、超進学校と言われる翔南高校では見慣れた現実でもあった。

午前七時少し前。

いつものように桜坂が西門近くの駐輪場にやってくると、なぜか、中野と山下が待ち構えていた。

「おい、桜坂。ちょっと……」

朝一で桜坂を手招きする中野に、周囲の者たちは、

『いったい、何事?』

こぞって目を瞠る。

自分から桜坂に歩み寄っていくのではなく名指しで手招き——というのがいかにも中野、だったが。そこを下手《へた》に突っ込んで朝っぱらから自爆したがるような奴は、さすがに誰一人としていなかった。

それで、桜坂が無言でのっそりと歩み寄っていくと、

『おぉッ』

——だの。

『スゲ……』

——だの。

足を止めて注視する野次馬《ギャラリー》たちは、トライアングル・トリオの威圧感を今更のようにヒシヒシと実感してしまうのだった。

トライアングルの中心から尚人という『核』が抜けてしまうと、それだけで、周囲が受ける印象はガラリと違ってしまう。

つまりは、そういうことなのだが。周囲のざわめきをよそに額を付き合わせている三人組にとっては、きっぱり眼中にもなかった。

「なぁ、桜坂。おまえ、聞いた？」

何を――なのか。肝心の主語をすっ飛ばして問いかけてくる中野の癖にも、いいかげん慣れた。

「例の不登校になってる一年の親が篠宮に泣きついてきたらしいって……マジ？」

中野の言葉の足りなさを補完するような絶妙なタイミングでもって、山下が微妙に声を潜める。ここらへんがツーカーと言われる所以《ゆえん》だったりするのかもしれない。

（いったい、どっからそんな話が漏れてくるんだ？）

それを思って、桜坂は二人の顔を交互に見つめる。

二日前の放課後に尚人が校長室に呼び出されたことは周知の事実――何しろ、下校時の廊下のド真ん中だったので。まぁ、どこで声をかけても、それが尚人を名指しならば周囲の興味も関心も一気に跳ね上がってしまうだろうが。

当然。翌日の朝には、すでにアレやコレやと、その噂《うわさ》で持ちきりだったことは桜坂も知っている。

――が。桜坂が尚人の口からその話を聞いたのは、昨日だ。

桜坂が何も問わないうちに、尚人の方からすんなりとそれを告げてきた。

校長室での頼み事が何なのか……。もちろん、気にはなるが。尚人から言い出さない限りは聞くつもりもなかった桜坂に、

『桜坂には、ちゃんと知っておいて欲しいから』

尚人は言った。それがプライベートなことであれば別だろうが、尚人にとって、暴行事件絡みのことではすでに桜坂も当事者――という認識なのかもしれない。

喜ぶべきか。

それとも、否定するべきか。

尚人の『番犬』呼ばわりを受け入れた時点で、桜坂は拒否権を放棄した……とも言えなくもないが。

昨日の今朝で中野たちがこんなふうに詰め寄ってくるくらいなのだから、もしかしなくても、すでにその噂は全校に知れ渡っているのだろう。

(相変わらず、篠宮絡みになると野次馬のテンションは高いよな)

それを思うと、何とも言い難い気分になる桜坂であった。

「なぁ、マジ?」

焦《じ》れたように、中野が肘《ひじ》で桜坂を小突く。

「おまえら、なんで、それを俺に聞くんだ?」

「えー、だって、おまえ篠宮の番犬だし。そんくらいは知ってて当然だろ?」

「……だよな。つーか、そのくらいはきっちり把握してなきゃ、篠宮にベッタリくっついてる意味ねーし？」

あまりの言われように、桜坂は内心どっぷりとため息を漏らす。それなりの自覚はあっても、朝一で他人の口からこうもはっきりとダメ押しをされると妙に疲れる。

「篠宮のことだから、そこらへんは事後報告いってんだろ？」

やはり、中野は侮れない。

きっちり、読まれている。

だからといって。桜坂に詰め寄ることはできても、さすがの中野も、尚人に直接それを問い質《ただ》すことはできないのだろう。

「――で？　何だったわけ？」

「なんか、励ましの手紙を書いて渡すようなこと言ってた」

尚人にとって、それは、別に隠しておかなければならないような秘密ではないことは確認済みである。

ある意味。尚人自身、校長室に呼び出された時点で、そういうことが噂になって校舎を走るであろうことは予想済みのような口ぶりでもあった。

事件の直接の被害者は尚人たち三人だけだが、他の生徒たちもいまだ大なり小なりその後遺症を引き摺《ず》っている現状では、自分の一挙一動が注目を浴びてしまうのはしょうがない。尚人は、苦笑まじりにそうも言っていた。

居直りではなく。

諦《あきら》め……でもない。

まるで、物事はなるようにしかならない——と達観しているかのようだった。

「はぁぁ？」

「何、それ？」

期せずして、二人がハモる。

「だから、事件のショックで家から出られなくなっちまったそいつに、篠宮から励ましの手紙——だろ」

「や……それはわかるんだけど」

「たったそれだけのことのために、篠宮をわざわざ校長室に呼び出したわけ？」

わざわざ……と強調する中野のツッコミは鋭い。

「親は、篠宮に事件のトラウマ解消の極意を聞きたかったらしいけどな」

とたん。二人は同じように双眸を見開き、どんよりとため息を漏らした。

「——スゲーな。直球ド真ん中って感じ」

聞いたときは、桜坂も驚いた。

どういうリアクションを取るべきか……。真剣に考えたほどだ。

「気持ちは、わかるけど。でも……なぁ？」

「おぅ。ンなこと聞かれても、篠宮だって困るんじゃねー？」

それを言えるのは、自分たちが尚人に近しい友人だからだろう。

尚人の為人《ひととなり》をきちんと理解している者ならば、間違っても、そんなことは口にしないはずだ。

見えるモノ。

視えない——モノ。

そのボーダーラインは、上手くカムフラージュされてある。

だから、ズカズカと土足で踏み込んでくる者もいる。それのあしらい方も、尚人にとっては手慣れたものでしかないのかもしれないが。

ただの傍観者であったなら、足の怪我《けが》も癒《い》えないうちに登校してきた尚人は事件のストレスを立派に克服したようにしか見えないかもしれない。ましてや、同じ事件の被害者である子どもを持つ親ならば……。

「親としちゃあ、藁《ワラ》にもすがりたい気持ちなんだろ」

「はぁぁ……。だから、励ましの手紙——なわけか」

「篠宮は、それくらいしかできないって言ってた」

正確には、

『心が弱っているときには、なにげない言葉でも痛いものだから。俺は励ましのつもりでも、もしかしたら、手紙がかえって心の負担になるかもしれない。でも、どうにかして野上の心の痛みを癒してやりたいという親の切実な気持ちはわかるから』

尚人は、そう言ったのだ。

理不尽な実害を被った者の痛みは、同じ痛みを知る者にしか癒せない。それは、ある意味、真理なのかもしれないが。それでも——と、尚人は言うのだ。

『同じ傷を舐め合ってるだけじゃあ、前には進めないと思うんだよね。だから野上も、それに気づいてくれるといいんだけど』

そういうとき、桜坂が尚人に感じるのは、しなやかな強さ——だ。

声高に何かを主張するわけでもなく、卑屈になって斜に構えるわけでもなく、無理やり背伸びをしているわけでもない。それでも、ごく自然に前を見据えていられる尚人が……桜坂は眩《まぶ》しい。

「まっ、篠宮のマネしろったって、誰にもできねーよなぁ」

「そりゃ、おまえ、俺たちとじゃ人生の経験値が違うって」

ポロリとこぼれた中野の言葉がすべてを語っているようで。

「酷なようでも、そういうのは結局、自分で向き合うしかないからな。向き合っても、克服できるかどうかはわかんねーけど」

桜坂がそれを言うと、中野と山下は揃って、またも深々とため息を漏らした。

《＊＊＊呪縛《じゅばく》される者＊＊＊》

その日。
野上光矢《こうや》はベッドに寝そべったまま、その手紙を繰り返し何度も読んでいた。
中学のときの友人。
単なる、知人。
高校のクラスメート。
部活の先輩や同期部員。
そして。見知らぬ他人……。
事件後、異口同音の善意の手紙や激励のメールはたくさんもらった。
『頑張れ』と、励まし。
『負けるな』と、奮起を促し。
『みんな君を待っている』と、エールを贈る。
力強く、熱意と労《いたわ》りにあふれた——言葉。

最初は、素直に嬉しかった。皆が自分のことを心配してくれるのがわかって、その気持ちが胸に沁《し》みた。

(僕は……独りじゃない)

そんなふうにも思えて。

だが、次第に読むのが辛《つら》くなった。自分への励ましと自分の気持ちに、埋まらない温度差を感じて。どうしても、その違和感が消えなかった。

苦しい。

――痛い。

――――辛い。

言葉にすればたった一言なのに、それだけでは収まりきれない……言葉にはならない濁った滾《たぎ》りがあった。

じっとりと重くて。

どんよりと鈍くて。

鬱々《うつうつ》とした……塊《モノ》。

身体と心が乖離《かいり》する苛立《いらだ》たしさに、吐き気が収まらなかった。

ふとした瞬間にフラッシュバックする、恐怖。

昨日まで不変だと思っていた日常が、いきなり消失してしまった喪失感。

結局。誰も――本当の意味で自分の痛みをわかってくれない。いや、理解できない。それが、見えてしまったから……。

同じ学校の三年生が塾帰りに襲われたと知ったときには、野上自身、その他大勢の中の一人だった。

『かわいそう……』

『ひどい災難だよね』

皆と同じように声を潜め、彼のためにその不運を歎《なげ》き、暴行犯に憤った。

『早くよくなって頑張って欲しい』

『こんな理不尽なことに負けないで』

そのときは、野上なりに真剣にそれを思ったが。日が経てば、それも薄れていった。同じ高校の上級生といっても、あくまで、余所事《よそごと》の傍観者にすぎなかったからだ。

なのに。

まさか。

所詮《しょせん》は他人事であった『災難』が、突然自分にも降りかかってくるなんて……思ってもみなかった。

なんで？

どうして？

――僕なの?

病院のベッドの上で、野上はそれを思わずにはいられなかった。

自転車通学をしている男子高校生なんていっぱいいるのに、なぜ自分が、その『不幸な当たりクジ』を引かされなければならなかったのだろう。

『不運』

『災難』

『貧乏クジ』

かつて自分が口にした言葉が、そっくりそのまま跳ね返ってくる衝撃に頭の芯までグラグラ揺れた。

寄せられた手紙やもらったメールを読んでいると、ついそんなことまで思い出してしまって。

なおさらに気分が滅入った。

日常と非日常の隙間《すきま》にずっぽり落ち込んで、身動きが取れない。

あがいても。

もがいても。

――掻きむしっても。

自分一人だけが暗闇《くらやみ》の中に取り残されてしまったような寒々しさは消えない。

いったい、何が。

どこで。

……狂ってしまったのか。

それを考えはじめたらキリがないとわかっていても、今更そんなことを愚痴ってもどうにもならないと知っていても、気持ちはどんどん落ち込んで悪循環の泥沼に嵌《はま》っていく。

どんな励ましの言葉も、ただ綺麗《きれい》事を並べ立てた薄っぺらなモノにしか聞こえず。

手紙も、メールも、何を見ても嘘臭く思えて。

心を癒されるどころか、逆に神経に障って。

そんなふうに思う自分が――嫌で。

情けなくて。

みっともなくて……。

そんな惨《みじ》めな気分にさせる手紙やメールが――憎くて。

苛々した。

ムカムカした。

何もかも放り投げ出したくなった。

そしたら。

……そしたら。

ちょっとは楽になれるのではないかと思ったりもした。

（もう、何もかも……どうでもいい）

そんな投げやりになることがただの逃げでしかないことはわかっていたが、野上は、憤って、悩んで、自己嫌悪に陥って……。へとへとに疲れきってしまっていたのだ。

けれど。

最後の最後になって届いたその手紙だけは――違った。


『野上光矢君へ。

こんにちは。僕は篠宮尚人といいます。

でも、ごめんなさい。僕は同じ高校の一学年後輩であるということ以外、君のことをよく知りません。たぶん君も、そうではないかと思います。

だから。君の心が悲鳴を上げる声が僕には聞こえても、その痛みに共感することはできても、それがどれほど辛く苦しいものであるか……本当の意味で君と同化することはできません。

なぜなら。僕には僕の痛みがあり、君には君の苦しさがあり、その辛さの在処も度合いも色も違うからです。

頑張らなくていいです。

我慢しなくていいです。

焦らなくていいです。

ただ、ゆっくり深呼吸をしてください。そして、少しだけ周りを見てください。足元ばかりを見ていると、疲れてしまいますよ？

僕も、そうでしたから。

野上光矢君。僕は、君が一番自然に落ち着ける場所を見つけることができることを心から願っています』

あんまり何度も読み返したので、今では、そらでスラスラと暗唱できるほどだった。

だが。野上にとっては、その言葉を一字一句……直筆の文字を目で追うことが何よりの慰めになった。

淡々と綴《つづ》られた言葉に、嘘偽りのない労《いたわ》りが見えた。

押しつけがましさのない文章の行間に、共鳴するモノがあった。

少し癖のある右上がりの文字に、紛《まが》い物《もの》ではない真実が見えた。

今春、難関を突破して入学した翔南高校の一学年先輩——いや、同じ暴行事件の被害者である『篠宮尚人』からの手紙。それは、野上にとって、同じ痛みを分かち合える唯一のものだった。

しかし。最初から、そんなふうに思っていたわけではない。

いや……。

尚人に対する第一印象は複雑すぎて、今思い出しても、その頃の気持ちをどう表現すればいいのかわからない。

野上がその『名前』を知ったのは、あの忌まわしい事件後。受けたショックも生々しくて、食事も満足に喉を通らないときのことだ。

翔南高校からの三人目の被害者。

ちょうど夕食時のニュースでそれを知った野上は、一瞬、息が止まりそうになった。顔面が蒼ざめて、唇がヒクヒクと引きつった。

それでもテレビの画面から目が離せなかったのは、今回は同時に暴行犯も捕まったという衝撃的な展開だったからだ。

野上を恐怖のドン底に突き落としたまま、今なお、心身にじっとりとまとわりついて離れない昏《くら》い影。

その元凶である連続暴行事件の犯人が捕まった。

——ホントに？

それを思うと、頭の芯がどんよりと鈍く痺れた。

——間違いじゃない？

それを確かめようとテレビに視線が釘付けになり、息が詰まった。

テレビの映像が事件現場を——血のべったり付いた壁の生々しさを撮《うつ》し出し、被害者が救急車で運び込まれた病院の前でレポートする記者の姿を中継する。時間帯を考えればひっそり静まり返っているはずの病院を取り囲む報道陣の数も、物々しい。

そして。暴行犯逮捕が間違いのない事実なのだと知って、心底ホッとした。

犯人に対する憎しみがグラグラと煮えたぎるというより、もう二度と、その『影』に怯《おび》えなくてもいいのだと思うと、引きつり歪んだ唇の端からようやくぎくしゃくと吐息が漏れた。

だからといって、恐怖の瞬間の記憶が消えてなくなることなどなかったが。

翌日。母親は、先に被害を受けた三年生の親と連絡を取り合って翔南高校に出かけていった。暴行犯を捕まえたのが、被害者のクラスメートであったことが判明したからだ。

そのときの話を詳しく聞いてくると、母親は言っていた。もしかしたら、野上と西条《さいじょう》を襲った犯人のことが何かわかるかもしれないからと。それを口にする母親は、いつになく興奮ぎみであった。

そのときの状況など、詳しいことは野上にはわからないが。犯人と格闘するなんて、スゴイと思った。

壁に残された血痕《けっこん》を目にしただけで、野上は身体中がザワザワと総毛立ってしまった。その血が誰のものであるかわからないが、襲われて怪我をしているかもしれないのに、それにも負けないで返り討ちにするなんてすごく勇気があると思った。

同じ高校に通う、自転車通学の高校生。

学年も名前も、詳細はまだ何もわからないが。それでも、その彼が危険も顧みずに暴行犯を捕まえてくれたのだと思うと、妙にドキドキと心が騒いだ。

いったい、どんな人なのだろう……と。そのときは、怪我をした生徒の名前よりも犯人を捕まえた人物の方に興味があった。

夕方、母親が帰ってきて。暴行犯を捕まえた少年の名前を聞き、野上は驚いた。

『桜坂一志《かずし》』

その名前を聞いて新入生である野上がすぐに顔を思い浮かべられるほど、ある意味、彼は有名人であった。生徒会長の名前は知らなくても、桜坂の名前はフルネームで知られていると言っても過言ではないだろう。

とにかく、何といっても目立つ。新堂《しんどう》流空手の有段者という噂もさることながら、硬派の最右翼と呼ばれる特異な存在感は学内でも群を抜いていたからである。

野上はテニス部だが、同じ運動部とはいえ武道系になるとさすがに体格からして違うとしか思えない。長身で筋肉質。その上、脆弱《ぜいじゃく》な甘さなど欠片《かけら》もない容貌《ようぼう》は威圧感たっぷりで近寄りがたく、たった一歳違いとは思えない風格すらあった。

だから、犯人と格闘して捕まえたのが桜坂だと知って、

(やっぱ、桜坂先輩ってスゴイんだ?)

ため息まじりに、すんなりと納得できたほどだった。

野上は、母親の口から桜坂の名前を聞いてしまうとそれで満足して自室に戻った。

母親も、それ以上よけいなことはしゃべらなかった。野上の精神的ストレスのこともあり、同じ事件の被害者のことを赤裸々に語るにはまだ時期尚早だと思っていたのかもしれない。

実際。野上は、事件後、めっきり無口になってしまった。それまでは独りっ子特有の甘えというか、仕事人間の父親とはあまり会話らしい会話がない分、母親とはけっこう何でも話していたのだが、今ではそれも変に息苦しくなってしまった。

話すという行為自体が、重いのだ。

キツイのだ。

なのに。母親は、それをわかってくれない。

事件のことには、絶対に触れようとはしないが。それでも、自分なりに野上の気を紛らした方がいいとでも思っているのか、何かにつけて話しかけてくるのだ。母親が自分のことを心配しているのは充分すぎるほどわかっているのだが、野上は、それが苦痛でしょうがなかった。

その上、自分では野上の心の傷を癒すことができないことがわかると、セラピーの医師まで家に連れてくる始末であった。

そんなことは、しなくていいッ！

放っておいてほしいッ！

思っても、それを口に出すことすら面倒くさくて……。

それは、ともかく。

暴行犯逮捕の後には、友人たちからのメールが次々に来た。大部分は暴行犯が逮捕されたことに対する安堵《あんど》感と、野上への変わらぬ労りと励ましだった。

この頃にはもう、メールも流し読み状態であった。むろん、野上が返信をすることもない。

それでも、思い出したようにメールは来る。それが、友人たちの野上に対する友情のスタンスだった。

中でも、やはり翔南高校の現クラスメートや部活仲間の情報は詳細を極めていて、今回の事件の被害に遭ったのが『篠宮尚人』という名前で、それがクラス代表委員会の帰りの出来事であることを野上は知った。上級生の間では桜坂が『篠宮尚人の番犬』と呼ばれるほどの親友で、尚人のために危険も顧みず犯人と格闘したらしい……ことも。

それを知って野上は驚き、複雑な気持ちになった。

他の誰とも違う雰囲気を持つ、謂《い》わば他人と馴《な》れ合うことない『孤高』というイメージの強かった桜坂に『親友』と呼ばれる存在がいる。そのことに、正直、驚きを隠せなかった。

(篠宮尚人の番犬?　なんだよ、それ……)

バカにしている。

コケにされている。

そう思うと、他人事なのになぜか……不快になった。

けれども。それは、本人も否定しない上級生の間では周知の事実なのだと知り、野上が頭の中で勝手に作り上げた『桜坂像』は一気に崩れ去った。野上自身、訳のわからない失望感にも似た想いとともに……。

そして。

『篠宮尚人』

その名前をひっそりと胸に刻んだ。あの桜坂が暴行犯と格闘までして守ろうとした親友の名前を、

（桜坂先輩に護ってもらえるなんて、いいよなぁ）

嫉妬《しっと》とも羨望《せんぼう》ともつかない微《かす》かな疼きとともに……。

自分には、護ってくれる者など誰もいなかった。いや、今までの被害者も皆そうだ。一人でいるところを狙《ねら》い撃ちにされた。

なのに。

——どうして。

尚人だけが……。

（なんで、その人だけが違うわけ？）

たまたま？

偶然？

――だったとしても。空手有段者の親友など、ある意味最強の番犬《ガーディアン》ではないか。

狡《ズル》い、と思った。

不公平だと思った。

そして。ふと、我に返って。無い物ねだりをしているだけの自分に気づいて、束の間、自己嫌悪を覚えた。

桜坂は格闘の末に暴行犯を捕まえたけれども、尚人は無事だったわけではない。命に別状はないらしいが、自転車ごと壁に激突して怪我をし、今は病院に入院しているのだ。

自転車に乗っていて、背後からいきなり襲われる衝撃と恐怖。

それが、どんなものか……野上は誰よりもよく知っている。幸いにも、野上は背中を強打されて自転車から転げ落ちた打撲と擦り傷程度の軽傷で済んだ。だからといって、そのときのショックは消えない。

なのに。同じ被害者である尚人を『羨《うらや》ましい』だの『狡い』だのと思ってしまった自分が情けなくて……。

しかし。それから程なく、尚人がカリスマ・モデル『ＭＡＳＡＫＩ』の実弟である事実が判明して、野上は思わず絶句してしまった。

ウソ……。

ホントに？

――マジで？

ある意味、脳味噌《のうみそ》がグラグラ揺れるほどの衝撃だった。むろん、それは野上だけではなかっただろうが。

超絶美形の有名人が、テレビの中で深く静かに怒っている。

『今回の事件に非常な憤りを覚える』

――と。一度聞いたら絶対に忘れないだろう玲瓏《れいろう》な美声で、

『未成年だろうが、関係ない。自分のやったことはきっちり責任を取れ』

糾弾《きゅうだん》している。

その同じ口で弟に対するマスコミの配慮を求め、金色に光る王者《カリスマ》の眼差しは肉親への情愛を隠さない。

狡い。

やっぱり……ズルい。

桜坂《番犬》どころじゃない。こんな強力な守護神《隠し球》を持っているなんて――反則だ。

心の中に芽生えてしまった小さな棘が、野上の胸を更にチクチクと疼かせた。

だが、それは。篠宮家の家庭崩壊のスキャンダルが暴露されて、今度は別の意味で野上を呆《ぼう》然《ぜん》とさせた。

父親の不倫。

母親の自殺。

引きこもりの弟。

給食費も後納金も滞納続きの極貧生活。

そして。ドン底からカリスマ・モデルへの、華麗な転身。

テレビでも、雑誌でも、インターネット上でも、その噂で持ちきりだった。

(あー……。なんだ、そうなんだ?)

自分よりもはるかに恵まれているとばかり思っていた上級生が、実はそうではなかったという密やかな安堵感。

(けっこう可哀相な人なんだ?)

——微かな優越感。

(だから、みんなして護《まも》ってあげてるんだ?)

桜坂も、MASAKIも。その二人の存在が、今まで不幸の埋め合わせのようなモノにも思えてきて。

反面。そんなふうに考えてしまう自分が、野上は嫌で嫌でたまらない。

同じ高校の被害者でも、塾帰りの三年生にはまったくそんな気持ちにはならないのに。なぜ、こうも『篠宮尚人』のことばかり考えてしまうのか。野上は、自分で自分の気持ちがわからない。

マスコミが篠宮家の情報ばかり、過剰に垂れ流すから?

ネット上で誰も彼もが『篠宮通』になって、あることないこと言いたい放題、書き込みをするから?

あの事件以来、家にこもりっきりになっているから、ついよけいなことまで考えて頭の中がグチャグチャになってしまうのか?

――が。

しかし。

尚人のことを考えていると、事件の恐怖感も孤独感も、不登校を続けている罪悪感も……息苦しさも、いつの間にか霧散してしまう。だから、つい、尚人のことを考えては悪循環のループに嵌ってしまうのかもしれない。

自分が、本当は何を、どうしたいのか――わからない。

わかるのは、自分で自分の気持ちを持て余していることだけ……。

だから、野上は、尚人のことを自分の中でどんなふうに位置付ければよいのかわからなかった。

級友でも、部活関係でもない。あの事件が起こるまでは名前も知らなかった……何の接点もないただ同じ高校の先輩・後輩にすぎないことを考えれば、学友と呼ぶのもおこがましい気すらする。

強いて呼び名を付けるとすれば、やはり、同じ痛みを知る『仲間』ということになるのだろうか。

いや……。

それを言うなら、野上にとって尚人は、もはや『仲間』ですらないかもしれない。

なぜなら。尚人は、自分と違って事件の後遺症ものともせず、早々に復学してしまったからだ。

そのことを、驚きと感動を綴って野上に知らせてきたのは、やはり、部活組とクラスメートであった。

事件後にもらった手紙は段ボールの中だ。最初は封を切ってすべて目を通していたが、最近は読まずにそのまましまってある。読まなくても、書いてあることは皆同じなのだ。上辺だけの激励など読んでいても疲れるだけだった。

だから、読まずに放ってある。

けれど。メールは、読む。

返信はしなくても、とりあえず読む。

メルアドを知っているのは比較的親しい友人ばかりだったこともあるが、不登校を続けていても、野上は翔南高校でのリアルな情報に餓えていたのだ。特に、尚人絡みでは。

(篠宮先輩が、登校してきてるって?……ウソぉ)

病院から退院して、まだ一週間しか経っていないのに？

ビックリした。

そして、愕然《がくぜん》とし。

――絶句した。

なぜ……？

――どうして。

そんなことができるのか、野上にはどうしてもわからなかった。

どのメールも、尚人を車で送ってきた『ＭＡＳＡＫＩ』を堪能《たんのう》できた幸運を興奮ぎみに語り、尚人が松葉杖《まつばづえ》で登校してきたのだから、おまえも頑張れ。そんなふうに婉曲《えんきょく》的なエールを送ってきた。

それが、逆にプレッシャーになった。

三年の西条はまだ入院中だからしょうがないが、尚人は体調も万全ではないのに復学を果たした。なのに、怪我も治った野上が事件のストレスを理由にいつまでも家に引きこもっているのはおかしい。

そう、言われているような気がした。

『甘えるな』

『いいかげん、しっかりしろ』

『やっぱ、根性ナシだ』

『このまま負け犬になる気か？』

親も。

クラスメートも。

上級生も。

……教師も。

翔南高校では、誰も彼もがそう言って自分を責めているような気がして……。それを思うと、心も身体も竦んだ。

尚人にできることが、なぜ、自分にはできないのだろう。

──わからない。

あんな悲惨《ショッキング》な体験をして、どうして、尚人はあんなにも心を強く持てるのか。

──そんな秘訣《ひけつ》があるのなら、教えてほしいッ。


『なぜ？』

『どうして？』

『どこが？』

『何が？』

『どう違うのか？』

いくら自問しても、答えは出ない。

自分がわからないのだから、きっと――誰に聞いても誰も答えられないに違いない。

尚人にあって、自分にないもの……。

――頼りになる親友《番犬》？

――何でも話すことのできる守護者《兄弟》？

結局、思考はループする。

尚人と同じ事件の被害者であることが、ことさらに野上を惨めにする。

それまでとはまた違った難問を突きつけられたような気がして、ついには携帯のスイッチも切ってしまった。

鬱々と。

悶々《もんもん》と。

ただ、時間だけが過ぎていく。

そんなときに、母親から差し出された一通の手紙。

（――誰？）

ごく普通の白封筒に書かれてあるのは、

『野上光矢君へ』

たったそれだけ。住所も、切手も、消印もない。

——が。

ひっくり返して送り主の名前を見て……絶句した。

(……ウソ)

「篠宮君が、光《こう》ちゃんにって」

(なんで……?)

「校長先生からお電話をいただいて、お母さん、今日、学校に行ってきたの」

(マジで? ……篠宮先輩?)

あまりに思いがけなくて。どういう顔をすればいいのか……わからなかった。

頭の芯が妙に痺れた。

ドキドキした。

逸る鼓動が、口からはみ出てしまうのではないかと。母親が部屋を出て行った後も手紙を握りしめたまま、しばらくは身じろぐことさえできなかった。

読むのが、怖い。

何が書かれてあるのか、知るのが怖い。

でも——読みたい。

自分の名前をじっと睨《にら》んで。裏を返して、尚人の名前を何度も眺めて。

そして。微かに震える手でゆっくりと封を切って、じっくり一字一字を眺め読んだ。

そうやって、何度も読み返し。最後の最後、野上は深々とため息を漏らした。

この何週間かの苛立ちと、悶々とした焦りと、尖りきった何かが……すうっと自然に解けていくような気がした。

頑張らなくて、いい。

我慢しなくても……いい。

焦る必要も——ない。

ほかの誰かが口にすれば、たぶん、反発と嫌悪しか返らなかっただろうが。それがただの嘘臭いエールではなく、尚人から自分へのメッセージなのだと思うと素直に野上の心に響いた。

自分と尚人では、感じる『痛み』も『苦しみ』も『辛さ』も違う。それが、当然なのだと。

それでいいのだと……。

だったら。

これまでの自分を全部否定することもないのではないか……と。そう思ったら、なんだか、すごく楽になれたのだった。

その日から、尚人からの手紙は野上の唯一の指針になった。

自分で自分に向き合うための。

自分を嫌いにならないでいられる、魔法の呪文《じゅもん》がそこには書かれてあったから……。

《＊＊＊似て非なる者＊＊＊》

その日は、朝から雨だった。

このところ晴天続きだったこともあり、ちょうどいいお湿り。

そんなふうに思えたのは午前中だけで、正午を過ぎると空は黒々と厚みを増し、ついには雷まじりの豪雨になった。

午後二時近く。雅紀《まさき》は朝一で雑誌のグラビア撮りを終え、仕事の打ち合わせのためにシティー・ホテルにいた。

現在、雅紀が所属する『オフィス原嶋《はらしま》』では三人のマネージャーがいるが、基本的に専任マネージャーはいない。それは人気実力ともに華々しい活躍を見せている雅紀といえども例外ではなく――雅紀にとってはその方が都合がよかったりするが――雅紀のほかにも新人のマネージメントを受け持っている多忙な主任マネージャーの市川《いちかわ》とはこのラウンジで落ち合うことになっていた。

このところの過密スケジュールには珍しく、二時間ほどぽっかり空いた時間。

本音を言えばどこかで横になって身体を休めたいところだが、諸々《もろもろ》のことを考えると仮眠を取るには時間が足りず、ただ暇を潰《つぶ》すには長すぎる。それだったら、さっさとホテルに入って、たまにはゆっくり食事をしようと思ったのだった。

そんな雅紀を目敏《めざと》く見つけた女性たちが、遠巻きにざわめいている。

――と、そのとき。

「よぉ、雅紀」

深みのある低音で名前を呼ばれ、振り返ると。加々美《かがみ》がいた。

「加々美さん……」

驚いた。まさか、こんなところで鉢合わせするとは思っていなかったこともあるが。いつもは専任マネージャーの高倉《たかくら》と行動を共にしている加々美が、珍しくも違う男連れだったからだ。

（なんか、おもいっきり違和感のある取り合わせだよな）

歳は、たぶん雅紀と大して変わらないだろう二人の男は、よく言えば荒削りな若さがあり、はっきり言えば格が違いすぎて加々美の引き立て役にもなっていなかった。

「なんだ、一人か？」

「はい」

「仕事？　プライベート？」

「打ち合わせです」

加々美は唇の端でクスリと笑った。

「相変わらずのワーカーホリックだな」

「仕事は向こうから来るウチが華。怖いのは、真っ白なスケジュール帳。そう言ったのは加々美さんですよ」

そういう切り返しが来るとは思っていなかったのか、加々美は一瞬啞然《あぜん》とし、次の瞬間にはプッと吹き出した。そして、声を嚙《か》んでひとしきり肩で笑うと、

「あー……腹が痛ぇ」

おまえのせいだぞ——と言わんばかりに雅紀を睨《にら》んだ。親愛のこもった、ひどく魅力的な眼差しで。

（ホント、変わらないよなぁ。この人は……）

しみじみと、そう思う。先日の『ガリアン』のモード・コレクションのリハーサルで久し振りに会ったときも、だが。何をやっても様になるというか、なにげにさりげなく王者の貫禄《かんろく》というか、なのに、いくつになってもヤンチャな魅力があるのだ。

「メシは？　食ったのか？」

「……いえ。まだです」

この間もこんな展開だったと思うと、なにやら内心笑えてきた。

「時間は？」

「たっぷり」

「そうか。じゃあ、付き合え。最上階のスカイラウンジでどうだ？」

加々美が相手であれば、願ってもないことだ。断るつもりなど毛頭ない。

「俺は構いませんが……。そっちは、いいんですか？」

言いながら、雅紀は、加々美の背後でしきりにこちらを気にしている二人の男に視線をやった。

「あー、大丈夫。事務所の新人《ヒヨッコ》だから」

それで、雅紀は納得した。

「なんだ。高倉さんに新人教育係でも押しつけられたんですか？」

「そう。給料分、シャキシャキ働けってな」

それは、加々美流のジョークだろうが。プロダクション『アズラエル』の影の帝王——などと揶揄《やゆ》される敏腕マネージャー高倉ならば、そういうことも言い出しかねないかもしれない。

もちろん、それは、加々美と高倉の間にきっちりとした信頼関係が成り立っているからに違いないのだが。

この業界に限らず、事務所期待のイチ押しの新人ならば、まずはマネージャーが付きっきりで『顔』を売って歩く。だが、それ以外の原石《ヒヨッコ》は、習うよりも貪欲になれ——である。

こうやって加々美が二人を連れて歩いているのも、見るモノ聞くモノすべて『勉強』なのだ。

それをきちんと自覚しているかどうかで、この先の明暗が分かれてしまう。

しかし。『オフィス原嶋』で同じことをやれと言われても、たぶん、雅紀は加々美のようにはできない。

ヒヨッコを連れて歩くにも、それなりの器量が求められるからだ。

それは見識であったり、懐の深さであったり、あるいは忍耐であったり。加々美はそれを充分クリアできるだけの度量の広さがあるが、雅紀にはない。その違いを、雅紀はよく理解していた。

最上階のスカイラウンジに着くと、加々美と雅紀は同じテーブル、新人二人は別テーブルになった。

雅紀が何も言わなくても加々美がそういうふうに仕切ったのだが、その反応も二人は実に対照的だった。いかにもプライドが高そうな大型犬の方は、なんで俺たちも一緒じゃないんだ？

──とばかりにモロに不服そうで、ほっそりとした美猫はあからさまにホッとしていた。

それが面白い……と感じるほど、雅紀は彼らに興味も関心もなかったが。

もしかしたら、加々美もいいかげんガキのお守りは飽きていたのかもしれない。

ランチのセット・メニューを頼んでグラスの水を一口飲み、加々美は、

「その後、どうだ？」

今更のようにそれを口にした。

「まっ、何とかそれなりに。相変わらずのスキャンダル・キングですけど」

加々美は、相変わらず雅紀のプライベートなことには口を突っ込んでこないが、この間の空き巣事件で父親との根深い確執はモロバレだろう。

「弟は？」

「無事、自転車通学に復帰しました」

「おー、そりゃ、良かったな」

「はい。でも、ウチからだと学校まではけっこう時間がかかるんで、俺的にはまだちょっと心配なんですが」

加々美はそれを、過保護だと茶化したりはしなかった。

なぜ？　――とも、問わなかった。

「ＰＴＳＤ……か？」

ひっそりと、その言葉を漏《も》らしただけで。

「本人は大丈夫だって、胸張って笑い飛ばすんですけど。実際、それがトラウマになってる子もいるんで……。最初は、俺、弟には内緒で後からこっそり付いていこうかと思ったくらいですから」

――と。加々美は深々とため息を漏らした。

「おまえ……。ほんとに、弟が可愛《かわい》いんだな」

「当たり前じゃないですか。可愛いですよ、すごく。俺の仕事の活力ですから」

何のためらいもなく即答する雅紀に、加々美はまじまじと目を瞠《みは》る。

「ちゃんと、大学まで出してやりたいんですよ」

「あー……。スゴイ偏差値の高い進学校に通ってるんだったよな?」

人間中身が勝負で学歴は関係ないと大口を叩《たた》けるのは、特出した才能で食っていける一握りの連中だけである。

夢や希望は、あるにこしたことはないが。どんなに努力を重ねても、開かれない扉は当然ある。成功する者より、挫折《ざせつ》する者の方が断然多いのが現実である。

だが。ピンでもキリでも、大学さえ出ておけば最終学歴は『大卒』だ。同じスタートラインでも、社会のふるいは学歴に甘い。もちろん、ゴール地点は様々だが。

学歴社会だから、尚人《なおと》にも大学に行かせたいのではない。大学に入って、本当に好きなことを思う存分やらせたいのだ。

「小学校の頃から、あいつにはいろいろすごく我慢させてきたので、もう絶対に金の苦労だけはさせたくないんです。だから、俺はスケジュール帳が真っ黒になっても頑張れますよ」

「それで……」

それを口にしかけて、タイミング悪く注文した料理が運ばれてきて。加々美は、束の間口を噤《つぐ》む。

だから、雅紀には、加々美が何を言いかけたのか……わからない。

テーブルに二人分の料理が並び終えたときには、加々美の眉間《みけん》に刻まれていたモノは跡形もなく消え失せてしまっていたので。

それで会話が途切れてしまうと、なんだか妙に居心地が悪くて。

(おしゃべりが過ぎたか?)

雅紀は、料理をゆっくり味わうことに専念する。

——と。パスタを巻き取るフォークを止めて、加々美が言った。

「そういや、おまえ、この間『ミズガルズ』のプロモに出たんだって?」

「なんで、知ってるんですか?」

「ん? あそこのマネージャー、高倉の後輩だからな」

「はぁぁ……。業界は広いようで狭い——ってことですか」

ありがちと言ってしまえば、ありがちのような気もするが。

皮肉なもので、尚人が襲われた事件後、雅紀は本業のステージ・モデルや雑誌のグラビア以外の露出が増えた。

滅多にテレビなど出ない、それこそ知る人ぞ知る存在だったのが、あの会見でのインパクトが半端ではなかったこともあり、仕事のオファーが殺到した。

その多くが、雅紀にとってはやる気も出ないクズ企画だったが。まれに、感性を刺激されたものもあった。

口さがない連中は『篠宮家《しのみや》の愛憎スキャンダル』絡みで仕事を取ったなどと陰口を叩くが、雅紀は歯牙《しが》にもかけなかった。そんな口を叩くのは、まともに仕事もこなせない負け犬だからだ。

先日の、単なるビジュアル・バンドではない硬派なサウンド作りが人気のグループ『ミズガルズ』のプロモーション・ビデオ出演も、謂《い》わば、刺激された『モノ』のひとつだった。そのオファーを受けるに至った理由は、また別口だったが。

天使と悪魔をモチーフにしたストーリー仕立てになっているそのプロモで、雅紀はボーカリストを誘惑する悪魔の役をやったわけだが。メンバーとスタッフには声を揃《そろ》えて『エロ怖い』系などと言われた。

「ボーカルの輝《アキラ》、おまえの美低音《エロ声》にマジで腰が砕けて、そのあと使いモンにならなかったンだってぇ?」

唇の端をわずかに捲《めく》り上げて、加々美が笑う。

それがただの『フカシ』ならば、まだしらばっくれようもあるのだが。マネージャー経由の情報だとしたら、今更、下手《へた》にシラを切るだけ無駄というものだろう。

正しくは、腰が砕けたのでなく、

『ウッわぁ……どうしよう。勃《た》っちまった……』

まったくもって洒落《しゃれ》にならなかったのだが。

感情が滅多に顔に出ないクール・ビューティー……いや、アイス・ノーブルと陰で揶揄される雅紀ですら、さすがに、どういう顔をすればいいのかわからなかったくらいだ。

実際のプロモには雅紀の声など入らないのだが。リアル感を出したいので口パクではなく、何か誘惑めいて台詞《せりふ》を囁《ささや》いて欲しいと現場で言われたのだ。

何でもいいと言われても即興でどうにかなるモノではなかったので、雅紀は、以前見た演劇の印象に残った台詞を口にしたのだ。

『来るか？　共に——快楽の深淵《しんえん》まで。おまえの魂と引き替えに……。願え。求めよ。さすれば扉は開かれる』

そして。件《くだん》のボーカリストは見事に落ちてしまったのだった。

『ＭＡＳＡＫＩさん。そのエロ声……マジ、反則……』

世間的にはツッパリで売っている『アキラ』が真っ赤に顔を赤らめて恨めしげに睨んだ様は、それなりに楽しめたが。

そういうアクシデントもあって、作品のコンセプトである『誘惑のエロス』——ハマりすぎて怖いというのがスタッフ一同の感想だった。

その後、その逆バージョンである『禁断のサクリファイス』——天使役の女性モデルの胸に抱かれて魂の再生が為《な》るというシーンでは、一発撮りでヨロメキもしなかったということで。

彼女のプライドがいたく傷ついた——らしいのだが、そんなことは雅紀の知ったことではなかった。

「……で、そのあとの打ち上げで、おまえ、けっこうな問題発言をブチかましたそうじゃねーか」

問題発言？

そんなモノをカマした覚えはない。

雅紀は、いたっておとなしく酒を飲んでいただけだ。

「…『ミズガルズ』のオファーを受けたのは弟を喜ばせたかったからだって？」

「それの、何が問題発言なんですか？」

「あー、問題っていうより、ブラコン発言か」

（ブラコン……なぁ）

それだけで『ブラコン』だと決めつけられるのはどうかと思うが。どうせ、加々美にはバレバレなのだから否定もしない。

確かに、言ったことは事実だ。

打ち上げの席で、グループのリーダーが、

『俺たち、マジでＭＡＳＡＫＩさんがオファー受けてくれるとは、正直思ってなかったんだよね。ぶっちゃけ、なんでＯＫしてくれたのか……聞いていい？』

そう言うものだから、雅紀は、

『弟があなたたちのファンだと言ったので』

即答したのだ。別に隠すようなことではなかったし。

実際、その話が来たときには別のCFのオファーもあって、最終的にどちらを取ろうかという選択になったのだ。そのとき、尚人が彼らのファンだと言わなければ、もしかしたら受けていなかったかもしれない。

すると。彼は、一瞬――呆気《あっけ》にとられたように目を見開き、次いで、

『いやぁ、イイ。すげー、イイ。MASAKIさん、サイコーッ』

タガが外れてしまったように笑い転げたのだった。

雅紀には、何が『イイ』のかさっぱりわからなかったが。その仕事を受けると話したときに、尚人が『スゴイ』を連発して満面の笑顔で喜んでくれたので、雅紀的には満足だったのだ。

「瀬名《せな》が……あー『ミズガルズ』のマネージャーだけど、マジであんぐり驚いてたな。MASAKIさんって実生活でもクールなのかと思ったら、実はとんでもないブラコンだったんですねー――とかさ。俺はそれ聞いて、腹抱えて笑っちまったぜ。ほぉら、やっぱ、みんな欺《だま》されてやがる…って、な」

「別に、欺してないですよ。今まで、誰もそんなことは聞かなかっただけですから」

聞かれもしないことを自分からペラペラしゃべるほど、雅紀は暇を持て余しているわけではない。まぁ、聞かれても正直に答えてやる義理もないが。

「ンで、『ミズガルズ』の直筆のサイン入りポスターを土産《みやげ》に持って帰ったんだろ」

「はい。弟、すごく喜んでました」

そのときの喜びようを思い出すと、つい、唇が綻《ほころ》びる雅紀だった。

とたん。加々美がこれ見よがしのため息を落とした。

「なんですか。その、見え見えのため息は？」

「おまえにそんな幸せそうな思い出し笑いをさせる奴がいると知ったら、ジェラシーで卒倒しそうな女がゴロゴロいるんだろうなぁ……とか思って」

「その台詞、そっくりそのままお返しします。加々美さんだって、雅《みやび》さんといるときは鼻の下がいつもの倍以上に伸びてますよ」

「……そうか？」

「そうですよ。雅さんみたいに太っ腹で才色兼備の女神様《パートナー》なんて、どこ探してもいませんって」

「灯台もと暗し——って、か？」

「いいかげんケジメつけたらどうですか。いつまでも煮え切らないと、そのうち、捨てられてしまうんじゃないですか？　彼女の信奉者は腐るほどいますから」

「おまえ、嫌なこと言うなよ」

「ホントのことですから」

加々美はわずかに上目遣いで雅紀を睨むと、パンをちぎって口の中に放り込んだ。

《＊＊＊電話の向こう側＊＊＊》

土曜の夜。

珍しくも、いつもよりずいぶん早めに自宅に戻ってきた雅紀は久々に尚人の手料理を味わいながら、

「無言電話？」

ふと、箸《はし》を止めた。

「ウン」

向かいの席に座った尚人は熱い茶を淹《い》れて、雅紀の前に置く。

「もちろん、非通知なんだけど」

家の電話はかかってきた番号を表示する『ナンバーディスプレー』にしてあるが、無言電話をかけてくるくらいだから当然『非通知』である。

「いつからだ？」

「今週の頭くらい」

尚人よりも先に、裕太《ゆうた》が口を挟《はさ》む。

いつもなら、夕食が終わったあとはさっさと風呂掃除をして自室に戻る裕太——最近の日課は洗濯と風呂掃除である——だが。尚人が無言電話の話を雅紀にするというので、裕太も残ったのだ。

そこらへん、裕太も、自分も家族の一員という自覚……いや、自分だけ除《の》け者にされたくないという主張の表れかもしれない。

雅紀は、家に帰ってきたときに裕太がソファーに座って本を読んでいるのを見て、内心思わず目を瞠った。

——が。その驚きを口にはしなかった。言えば、裕太の機嫌が地を這《は》うのはわかりきっていたので。

尚人を相手にベッドの中でなら、甘くも、辛《から》くも、底意地悪くも、それこそいくらでも饒舌《じょうぜつ》になれる雅紀だが。ある意味、プライドの塊のような裕太を無駄にからかって遊びたいとは思わない。

最近の裕太が、自発的に家事を手伝うようになったことは尚人から聞いていた。それで裕太の態度が急激に軟化するようなことはなかったが、雅紀が、

『甘ったれてないで変われ』

そう言ったことを、裕太なりに真摯《しんし》に受け止めたことの証《あかし》だろうと思った。

「月曜、か」

月曜日といえば、ちょうど、雅紀が仕事で家を留守にしていた頃だ。実のところ、先週末から仕事が忙しくロクに家に戻れない状態で、ようやく明日の日曜から三連休をもぎ取ったようなものだった。

例の事件があってから、雅紀は仕事で家を空けるときには、どんなに時間が押していても必ず一度は家に電話を入れるようにしている。

家のセキュリティーを強化したといっても、それですべてが万全かと言えば、そうでもない。どれだけ注意を払っていても、予期せぬアクシデントは起こりうる。この一連の事件で、雅紀はそれを痛感した。

だから。ほんの短い時間でもいい、家に電話をかけて、弟たちに何も変わりがないかを確かめる。そうでもしないと、雅紀の方が落ち着かないのだ。

そういうわけで。雅紀は仕事の合間を縫って家に電話をしていたわけだが、そのときには尚人の口から無言電話の『む』の字も出なかった。

それを思って、チロリと尚人を見やると。以心伝心だろうか、

「ゴメン。雅紀兄さん、すごく忙しそうだったから……。家に戻ってきてから、ゆっくり話した方がいいかなと思って」

わずかに視線を落とした。

（まぁ、どうせ、そんなことだろうとは思ったけどな）

裕太が雅紀の仕事に無関心なのとは逆に、尚人は気を遣いすぎる。よけいな心配をかけて雅紀が仕事に集中できなくなるのはマズイ——そう思っているのが見え見えなのだった。

そんなものだから、何でも、ギリギリまで我慢してしまう。

それはもう、父親が家を出て行ってからの刷り込みのようなものだから、今更、矯正しようがない。裕太が頑《かたく》なに自分を曲げようとはしないのと尚人の忍耐強さは、いい勝負であった。

「……で？　その電話はちょくちょくかかってくるのか？」

四六時中では、さすがにマズイだろう。

「夜だけ。昼間はかかってこない」

「……そうか」

「最初は、ただの間違い電話かと思ったんだけど。おれが出たときには、すぐに切れちまったし。そのあとに、またかかってきて、何言ってもズーっと黙りこくったままでさぁ。気色悪い」

「だから、なるべく、非通知の電話は取らないようにしてるんだけど……。なんか、それだとしつこく鳴るし」

「ひどいときは、二十回くらい鳴るよな」

昼間は家の電話を留守電にしてあるのだ。電話が鳴っても、留守電にしてあるうちは裕太は絶対に出ない。

必要不可欠な緊急連絡先は雅紀の携帯ナンバーにしてある。篠宮家の特異な家庭事情を知っている者は、それを考慮して、尚人が下校してくる時間前にはかけてこないからだ。

それは、事件前からずっとそうだったわけだが。事件後、やはりイタズラ電話がひどくて。暇と悪意を持て余している卑劣漢《バカ》は、どこにでもいる。そんな奴らをムキになって相手にしてやっている暇もないので、雅紀はさっさと電話番号を変えてしまった。

もちろん、その新しい電話番号は他人に知られることのないシークレット扱いにすることも忘れなかった。

それからは、イタズラ電話もピタリと止《や》んだ。

しかし。新たな無言電話が始まったのだとすれば、それはそれで問題だった。

(昼間はかかってこなくて夜だけっていうのがなぁ……。ウチの事情を知ってる奴としか思えないし)

ネックになっているのは、そこだ。単なるイタズラ電話とは思えない。

すると。

「雅紀にーちゃん。それって、まさか……あいつらじゃねーよな?」

裕太がボソリと言った。雅紀がふと思い浮かべた不愉快な可能性をざっくりと抉《えぐ》るかのように。

「あいつら……って?」

オウム返しのように呟《つぶや》いて裕太を見やり、尚人は、その顔つきがいつもより剣呑《けんのん》であることに驚く。

「ナオちゃん、鈍すぎ。あいつらって言ったら、おれが骨折させた奴とその愛人に決まってンじゃん」

尚人は、思わず息を詰めて双眸《そうぼう》を瞠る。まさか、裕太がそんなことを言い出すとは思いもしなくて。返す目で雅紀を見れば、雅紀の眉間にも縦皺《たてじわ》が寄っている。

（まーちゃんも……そう思ってるってこと？）

自分がまったく予想もしなかったそのことを兄と弟が揃って疑っていることを知り、尚人は半ば絶句する。

まさか……。

——ホントに？

（いくら何でも、そこまではやらないんじゃ……）

尚人的には、そう思いたいのだが。勝木《かつき》署での、父親の引きつった怒鳴り声と真山千里《まやまちさと》の人目を憚《はばか》らぬ号泣を思い出して、下腹のあたりがどんよりと重くなるのを感じた。

「でも……だけど、ウチの新しい電話番号って知らないんじゃ……」

「まぁ、調べようと思ったらいろいろ手はあるわけだしな」

「雅紀兄さん……」

トドメを刺されたような気がした。

と——そのとき。

重く沈んだ沈黙を弾《はじ》くかのように、突然、電話が鳴った。

ドキリ、とした。

雅紀の。

裕太の。

尚人の目が、一斉に同じ方向に集中する。

「俺が出る」

雅紀が立ち上がって、電話台へと歩み寄る。

電話機の液晶ディスプレーが『非通知』であることを確かめて、雅紀はゆっくりと受話器を取った。

「もしもし?」

ことさらに低く雅紀が言うと。受話器の向こうで、わずかに息を呑《の》む音がした。

もしかしたら、相手は、この時間帯に雅紀が家にいることを予想していなかったのかもしれない。それは、雅紀にそう思わせるだけの何かがあった。

「——誰だ?」

無言だった。

だが、切れることもない。

ただ……じっと、雅紀の様子を窺《うかが》っている。そんな気がした。

「このまま無言電話を繰り返すようなら、警察に通報するぞ」

ヒヤリとするほど冷たい声で、告げる。

とたん。

受話器の向こうで狼狽《うろた》えるような、喘《あえ》ぐような、そんな息遣いがした。

そして。

『……あ…の……』

わずかに漏れ聞こえた声は、雅紀の予想外のモノだった。

『ゴメン……なさ…い。ぼ…く……僕——そんな、つもりじゃ……』

まだ若い、消え入りそうな弱々しい声。それが演技ならば大したモノだが、声の震えにはそれと知れる怯《おび》えがこびりついていた。

警察に通報すると言われてビビり上がり、パニクっているのかもしれない。

だとしたら、ずいぶんと肝っ玉が小さい。悪質な常習犯というより、ほんの出来心というやつだろうか。

だからといって、雅紀は容赦するつもりなどなかった。

「じゃあ、どういうつもりなんだ？」

威圧感たっぷりに、畳みかける。どんなつもりかは知らないが、無言電話で弟たちの感情を逆撫《さかな》でにしてくれたことに変わりはない。

『僕……は、あの……篠宮、先輩に……』

(篠宮先輩？――)

そんな呼びかけをされる心当たりといえば、尚人しかいない。

(こいつ……翔南《しょうなん》の生徒か？)

正直、内心の驚きを隠せない。予想外の更に計算外……であった。

「名前は？」

『……え？』

「君の名前」

『あ……野《の》、上《がみ》――です』

(野上？……)

束の間、記憶を手繰《たぐ》って。雅紀は、その名前を思い出す。

「翔南高校一年五組、野上光矢《こうや》――君？」

雅紀がそれを口にすると、野上は一瞬息を呑んだ。

同様に、半ば息を詰めて成り行きを見つめていた尚人も。

『……そう、です』

「ウチの電話番号、誰から聞いたの？」

　相手が尚人と同じ暴行事件の被害者である一年だと知って、雅紀の警戒心もほんの少しだけ緩んだ。野上をビビり上がらせるほど高圧的だった口調も、先ほどよりは幾分柔らかくなる。

『あの……おかあ——いえ、母が、学校で聞いてきてくれて……』

　瞬間。雅紀は舌打ちをしたくなった。

（学校からって……。まったく、管理不行き届きもいいとこじゃないか）

　最近はどこの学校でも個人情報の取り扱いには神経質になっている。滅多なことでは、生徒の住所も電話番号も開示しない。

　雅紀の頃には緊急時の学級連絡網があったが、翔南ではそれもない。緊急時の場合は、クラス委員の保護者から各家庭に通達されるようになっていた。

　篠宮家の場合、一連のスキャンダル騒ぎでイタズラ電話の実害を被ったことを理由に電話番号を変更したことを告げてあったので、だから、雅紀もことさらに念押しをしなかったのだが。

「——で？　尚人に、何の用？」

　そこをはっきりさせなければ尚人に取り次ぐわけにはいかない。

『あの……篠宮先輩に、僕……手紙をいただいて……。だから、その……お礼を——言いたくて』

（手紙のお礼——ねぇ）

ずいぶんとか細い声だが、目上の者にはきちんと敬語で話すことができる。本来は、常識のある少年なのだろう。

それを思って、雅紀は内心ため息を漏らす。

(…ったく、人騒がせな奴だ)

その一方で。もうひとつの杞憂《きゆう》が解消されたことに、雅紀はホッとする。

実のところ、雅紀的には、そのことの方が気掛かりだったので。なにせ、借金に行き詰まって家の権利書を持ち出そうとした男である。

丸め込めると高を括《くく》っていただろう裕太にバットで殴られて、骨折。己の考えの甘さを痛感しただろうが、次は何をやらかすかわからない。

そんなことを思いつつ、

「ちょっと、待って」

雅紀は受話器の口を手で塞《ふさ》いで、

「――ナオ」

尚人を呼ぶ。

促されるままに雅紀に歩み寄って、尚人は、

「ホントに、野上君?」

「……みたいだな」

雅紀から受話器を受け取る。

尚人としては、約束の手紙を書いて渡した時点で自分の役目は済んだ——そう思っていたので、こういう展開は困惑の極みである。

「もしもし……野上光矢、君？」

呼びかける口調も、つい、ぎくしゃくとしてしまう。

『篠宮……先輩、ですか？』

「そう、だけど」

『あの……すみません。僕……僕、無言電話、するつもりじゃなくて……』

（うわぁ……。この声、ちょービビりまくってるって感じ）

それも、無理からぬことかもしれない。

雅紀の、あんな冷ややかな声で警察沙汰にするぞ——と恫喝《どうかつ》されたら、誰だってタマが縮み上がるだろう。聞いていた尚人でさえ、一瞬、ドキリとしたくらいだ。

『僕は、ただ……手紙のお礼が言いたくて……。でも、いざとなったら、何をしゃべればいいのか、わからなくて……。それで、つい……』

「なんだ。そうだったの。何もしゃべってくれないから、イタズラ電話かと思っちゃって……。ゴメンね」

電話が非通知になっていたことなどは口にせず、尚人は気さくな口調で穏やかにしゃべりかける。

野上光矢——という名前だけで、その顔も知らない翔南高校の後輩。

唯一の接点と言えるのは、同じ事件の被害者という不幸な出来事だけだ。だから、尚人が手紙を書くと決めた以上に、野上が自分に電話をかけて寄越すだけでもすごく緊張していただろうことはわかる。

それが高じて無言電話になってしまったのであれば、声高に詰《なじ》るわけにもいかない。

すると。野上は、露骨にホッとしたように、

『手紙……ありがとうございました。あの……すごく、嬉《うれ》しかったです』

それを口にした。さすがに、語尾の端のぎこちなさまでは隠しきれなかったが。

「そう？　なら、よかった」

『頑張らなくていい…って、言ってくれたの、篠宮先輩だけで……。だから、僕、すごく嬉しかった……です』

「ウン。君は君のペースでいいから」

『——はい』

それっきり、野上は黙り込んでしまった。

尚人としても、これ以上、何をどう言えばいいのかわからなくて。会話の途切れてしまった沈黙が、妙に居心地悪い。

（えっ……と……。やっぱり、俺から切った方がいいのかな）

どちらかが切り出さない限り、この沈黙が終わらないような気がして。

「じゃあ、野上君。わざわざ電話をありがとう」

それを言うと。

『あ、あのッ。篠宮先輩。また、電話してもいいですか？』

一世一代の告白をするかのような硬く真摯な声が尚人の耳を打った。

なんとなく、野上が必死に受話器を握りしめている顔つきまで想像できてしまう。それを思うと『否』とは言いづらくて。結局、

「――いいよ」

承知してしまう。

いまだ事件の後遺症を克服できない野上に同情するほど、尚人に余裕があるわけではない。それでも、手紙の礼が言いたいと、わざわざ電話をかけてきた野上の心情を考えると突き放せなかったのだ。

（やっぱり、俺って、甘ちゃんなのかなぁ）

たぶん、そうなのだろう。

『あ…ありがとうございますッ。あの……じゃ、おやすみなさい』

「おやすみ」

受話器を戻して。尚人は、深々と息を吐いた。

そうして。ゆったりとした足取りでテーブルまで戻ってくると、

「ナオちゃん、人が良すぎ。もっと、ガツンと言ってやれよ」

裕太が鼻息荒く、吠《ほ》えた。尚人が電話をしている間に、あらかたの事情は雅紀から聞いてしまったのかもしれない。

そうなると、尚人としては苦笑する以外になくて。

「だって、ちょービビりまくってるのに、それ以上、ゲシゲシ蹴《け》りつけるわけにはいかないってば」

「ハン。雅紀にーちゃんに、耳元で、ほんのちょっと凄《すご》まれただけじゃん。そんなんでビビるなんて、ホント、根性ねーな」

(あれを『ほんのちょっと』とか言ってしまえるおまえの根性の方が、俺はスゴイと思うんだけど)

冗談でなく、だ。

実際、根性論で裕太に敵《かな》う奴などいないだろう。

不登校の引きこもりになったときも。

病院に担ぎ込まれて、雅紀に、おまえはもう篠宮の家に帰ってこなくていい——その言葉を投げつけられたときも。

尚人が作った弁当を投げ捨て続けたときも。

バットで、父親に殴りかかったときも。

沙也加《さやか》に、今更姉ちゃん面をするな——と、啖呵《たんか》を切ったときも。

よくも悪くも、雅紀とは別の意味で裕太の肝の据《す》わり具合は天下一品だった。

自分がこうだと決めたら、絶対に揺らがない強さ。それを見せつけられるたびに、尚人は、裕太が羨《うらや》ましくてならない。自分だけが、いつでもグズグズと迷っているばかりのように思えて。

「でも、まぁ。無言電話がただのイタズラ電話じゃないことがわかって、ホッとしたことに代わりはないしな」

「……ウン」

それは、本当にホッとした。もし、あれが、父親絡みの無言電話だと思うだけで気が滅入るところだった。それがただの杞憂に終わって、尚人は心底ホッとした。

§§§§　§§§§§　§§§§§　§§§§§

午後九時。

篠宮家に電話が鳴る。

まるで、就寝儀式のように。

きっちり、時間通りに。

電話のディスプレーを確かめるまでもない。野上光矢からの、電話。

「ナオちゃん、定時のラブ・コール」

おもいっきりドギツイ厭味《いやみ》を込めて裕太が言うと、尚人は、困ったように笑う。それも、すっかり、このところの定番になってしまった。

受話器を取って、話す。

毎夜のようにかかってくる電話だから、そんなに話題があるわけではない。

それでも、野上はしゃべる。

決して楽しげ……というわけではなく、ポソリ、ポソリ——と。

けれど、真剣に胸の内を吐露する。それが、今の野上の心情を鮮明に語っているような気がして。尚人は、何とも言えない気持ちになる。

だから。尚人は、ほとんど聞き役に徹する。

野上が言葉に詰まっても、急《せ》かしたりはしない。あーだのこーだの、よけいな口は挟まない。

ただ、求められたときにだけ自分の意見を述べる。

——だから。『定時のラブ・コール』は十分に決めた。

はっきり言って。ダラダラと野上の話し相手になってやっている暇は、尚人にはない。

そのことは、きっぱりと野上にも告げた。すると、逆に、それでも構わないから話がしたいと野上に懇願された。

たぶん。家にこもりっきりで、野上は話し相手に餓えているのだろう。話し相手といえば、母親とカウンセラー……。口が重くならないわけはない。

だったら、自分ではなく同年代のクラスメートの方が野上のためにもいいのではないかと、尚人は思わないでもなかったが。とりあえず、様子を見ることにした。

自分と話すことで野上の気持ちもほぐれて、それが次のステップ——ほかの誰かと積極的に関わりを持てるきっかけになればいい。尚人は、そんなふうに思っていたのだが。裕太は、

「そんなふうに中途半端に優しくされたら、あいつ、どんどん付け上がるぞ。わかってんのかよ、ナオちゃん。無責任な優しさなんて、ただのお節介よりタチが悪いに決まってンじゃねーか」

辛辣《しんらつ》だった。

同じように、雅紀にも言われた。

「黙って手を引いてやるのは、優しさとは言わない。おまえは、同じ傷を舐《な》め合うのは嫌なんだろ？　だったら、もう、いいんじゃないか？」

二人が、異口同音に口を揃える。

尚人は自分の足できっちり立っているつもりだったが、二人の目から見ると、そんなに危ういのだろうか——と。

だから。

その夜。

尚人は思い切って、口を開いた。

「ねぇ、野上君。そろそろ、外に出てみない？　そしたら、思いがけない発見がいっぱいあると思うよ？」

受話器の向こうで、野上が絶句しているのがわかる。

「前にも言ったよね？　俺は、時間限定で君の避難所になってはあげられるけど、それ以上にはなれないって」

今、ここで、それを持ち出すのがいいのか悪いのか……尚人にもわからない。ただ、裕太の言うとおり、このままズルズルというのはマズイような気がした。

「君は、ちゃんと一歩を踏み出してるじゃない。だったら、あともう一歩を踏み出すこともできるんじゃない？」

『それって……学校に行けって、ことですか？』

「学校でなくてもいいよ。家の周りを、ぐるりとゆっくり歩いてみるだけでも」

『でも……』

「決めるのは、君だから」

強制するつもりはない。

自分の足で立って歩かなければ、同じことの繰り返しだ。それは、野上にもわかっているだろう。

——が。

結局、野上は返事を保留したままだった。

§§§§　§§§§§　§§§§　§§§§

受話器を置いて、野上は、ひとつ深々とため息をついた。

『そろそろ、外に出てみない?』

尚人が、なぜ、急にそんなことを言い出したのか……わからない。

焦らなくてもいい。自分のペースでゆっくり深呼吸をすればいい。そんなふうに言ってくれた尚人が——なぜ?

（もしかして、弟に……なんか言われたのかな）

前に、一度、弟と話したことがある。尚人がちょうど席を外していたときだ。

いや……。

話したと言うより、あれは、一方的に凄まれたのだ。

『あんたさぁ、どういうつもり？』

柔らかな尚人の声とはまったく違う、硬質な口調《トーン》。

一歳違いの砕けた物言いとも、馴《な》れ馴れしさとも違う。どちらかといえば、ヒヤリと切れるような声質。

それは、美貌《びぼう》のカリスマ・モデルと言われる長兄の声の冷ややかさよりももっと剣呑《けんのん》な響きがあった。

『何が、したいわけ？』

問われた意味が、とっさに理解できなかった。

――いや。

弟の声があまりに刺々《とげとげ》しくて、言葉に詰まってしまったのだ。

『あんたにはたかが十分でも、ナオちゃんは違うんだよ。あんたから電話がかかってくるたびに、ナオちゃんは、わざわざ勉強を中断してボランティアしてやってんだよ。そのこと、あんた、ちゃんと考えたことあんの？』

まさか、弟にそんなことを言われるとは思いもしなくて。野上は受話器を握りしめたまま、しんなりと蒼ざめた。

『人生相談なら、ほかでやれよ。役立たずな親にもできないことを、人んチの兄貴に気やすく肩代わりさせんなよ。マジ、ムカつく』

ぐっさり――キた。

『トラウマなんて、みんなそれなりに抱えてんだよ。けど、あんたは引きこもる根性もないからジタバタしてるだけじゃねーか。それでナオちゃんまで巻き込んで、あんたは、いったい何がしたいわけ?』

返す言葉がなかった。

それまで野上は、理由も状況も違うが家から出られない引きこもり状態の弟にはそれなりのシンパシーみたいなものを感じていたのだ。

同じ傷の痛みをわかってくれるのは尚人だけだが、切迫した気持ちを抱えているのは弟も同じだと。だから、弟は同類だと思い込んでいた。

だが――違った。

『ナオちゃんが優しいからって、ベッタリ懐くなよ。いいかげん……ウザイ』

それで、わかってしまった。篠宮家の長兄と末弟にとって、自分が招かれざる異分子であることが。

彼らにとっては自分はただの赤の他人で、尚人の負担にしかならないお荷物。そう、思っているのだろう。

事実、そうなのだ。

その自覚があるだけに、野上はズクズクと落ち込んでしまった。

だが。

それでもッ。

尚人に定時の電話をかけることをやめられなかった。

わずか十分という限られた時間だけが、一日の中で唯一癒《いや》されるモノになってしまったから……。


——けれど。

その尚人に、タイムリミットの選択を迫られてしまった。

外に出るか。

このまま……引きこもるか。

あと一歩を踏み出す根性を見せられるか。

——否か。

そして。ふと、今更のように気づいた。

野上は、篠宮尚人というフルネームと耳触りの良い声しか知らない。その顔は、まだ、一度も見たことがない。

（じゃ……じゃあ、もしかして、外に出れば――学校に行けば、篠宮先輩に会える?）

尚人に会う。

電話で話をしているときには考えもつかなかったそれが、不意に、頭に浮かんだ。

（篠宮先輩に……会う?）

今まで思いもしなかった、明確なビジョン。

それが閃《ひらめ》いた――瞬間。胸の鼓動が、ドクドクと逸《はや》った。

§§§§§　　§§§§§　　§§§§§　　§§§§§

翔南高校、放課後。

一学期最後の二学年クラス代表委員会が終わって、

「ンじゃあ、な」

「おう、お疲れぇ」

「お先ぃ」

口々に挨拶《あいさつ》を交わして、それぞれがシンと静まり返った校舎を後にする。

尚人たち四人組は、いつものように西門の駐輪場へと歩いていく。

——と。

「なぁ、篠宮。例の一年、明日から出て来るって……マジ？」

中野《なかの》が言った。

相変わらずの地獄耳である。

「中野……そういうことを、いったい、どこで聞いてくるわけ？」

一大決心をしたような硬い声で野上からそれを聞かされたのは、二日前である。

「えーッ。だって、今週頭に、そいつの親が職員室に報告に来たって。すんげー噂《うわさ》になってんじゃん」

「……そうなの？」

「何、篠宮、知らねーの？」

山下《やました》にダメ押しをされて、尚人はわずかにため息を漏らす。

(俺って、相変わらず乗り遅れてるよなぁ)

だから、その手の情報にだ。中野が『すんげー噂』だと言うのだから、野上が登校してくることはすでに校舎中を賑《にぎ》わせているのかもしれない。

「わっ、そうなんだ？」

「なんだよ。そいつの親、篠宮に挨拶もナシかよ?」

「や……挨拶とか、別に俺はそんな……」

別に、そんなことにこだわっているわけではない。

「野上からは、ちゃんと、その話は聞いたし」

それで充分であった。

どちらかといえば、野上の母親とはあまり関わりたくない尚人にしてみれば、その手の挨拶はなくて逆にホッとしたというところだった。

野上と電話で話をしていることは、中野たちにも話してある。尚人自身思いがけない展開になってしまって、それが謂わば消極的な承諾であったこともあり、桜坂《おうさか》たちの意見も聞いてみたくなったのだ。

そのときの彼らの反応は、それこそ、三人三様で。

『別にさぁ、篠宮がそこまでしてやる必要ないんじゃねー?』

『篠宮の声って癒し系ボイスだからなぁ。耳元で囁かれたら病みつきになっちまって、そっちの方がヤバそう』

『まぁ、あんまり無理すんなよ?』

三人の性格の違いがよくわかって、尚人は思わず吹き出してしまいそうになったが。今まで、そういうプライベートなことを誰かに愚痴ったり相談したりしたことのなかった尚人にしてみれば、それはそれで新鮮な経験であった。

「だけど、元はと言えば、親が篠宮に泣きついてきたわけだろ？　だったら、親からも当然、一言あって然《しか》るべきなんじゃねーの？」

「……だよな。篠宮にとっちゃあ、無料ボランティアも同然だったわけだし？」

「山下。ボランティアとか、俺はそんなつもりじゃないってば」

「あー、いいの、いいの。篠宮がどういうつもりでも、みんなそう思ってるんだから」

「なぁ、桜坂。おまえは、どうよ？」

「篠宮が構わないんなら、それでいいさ。俺たちが横からグチャグチャ文句を言う筋合いはないからな」

「またぁ……。おまえ一人、余裕ブッこいちゃって……」

言うなり、中野が肘《ひじ》で桜坂を小突く。

相変わらず、中野は強心臓である。

もちろん、小突かれたくらいでは桜坂はピクリともしない。

「だから、俺的には、篠宮の背中にベッタリ貼《は》りついてたお荷物がなくなって清々したってことだよ」

それはそれで、問題発言のような気もするが。

「桜坂、それって露骨すぎ」

それを言う山下の口は、ずいぶんとニタついている。

「まっ、そいつが登校してくれれば篠宮もお役御免ってことだよな」

「夏休み入る前にすっきりカタが付いて、まぁ、めでたしめでたし——って、とこ?」

級友たちの明け透けな言葉に、尚人は今更のように知る。彼らもまた、雅紀や裕太と同じような懸念を感じていたのかもしれないと。

(やっぱり、俺って危なっかしかったのかなぁ)

頼りがいがある——などとは、間違っても思わないが。微妙にニュアンスは違うが異口同音な台詞を聞かされると、内心、ため息が止まらない尚人であった。

《＊＊＊始まりの予感＊＊＊》

その日。

翔南高校では、朝一から、皆がざわついていた。今日、本当に野上光矢が登校してくるのだろうか——と。

学年差を問わず。

至る所で。

むろん、それは生徒だけではなく、職員室に詰めている教職員も同じことだったが。

校舎を駆けめぐる噂のどれが真実で。

何が、事実で。

どこまでが、ただの噂なのか。

朝の挨拶代わりのように囁かれるそれの真偽もわからないうちに授業が始まり、校舎内は一応の落ち着きを取り戻したかのようにも思えた。

そして、昼休み。

食堂に行く者、中庭に出る者、教室で弁当を広げる者、それぞれがざわめきの中にあって。いつものように、尚人も席を移動して来た桜坂と昼食を摂《と》りはじめた。

——そのとき。

「篠宮ッ」

購買部のパン袋を手にしたクラスメートの呼びかけに箸を止めて、尚人は教室の前方入口に視線をやった。

「——面会ッ」

（……俺に？）

思わず小首を傾《かし》げる。

それでも。名指しされた以上、席を立たないわけにもいかなくて。ゆったりとした足取りで尚人が廊下に出てみると、そこには見慣れない少年がいた。

（誰……？）

「えっと……。俺を呼んだのは、君？」

食い入るように尚人を凝視していた少年は、尚人がそう問いかけると、わずかに唇の端を震わせて、

「あの——篠宮……先輩、ですか？」

ぎくしゃくと口を開いた。

(この声……)

いつもは電話越しでしか聞いたことのない、けれど、ずいぶんと耳慣れた――声。

それが誰のものであるのか思い当たって、思わず双眸を瞠る。

「野上……君?」

コクリと頷《うなず》いて。野上は、

「あの、初めまして。野上光矢です」

きっちり深々と、頭を下げた。

(う…わぁ……。ホントに、野上君なんだ?)

内心の動揺――いや、感動を隠しきれなくて。尚人は、まじまじと野上を見やる。

「いろいろと、ホントにありがとうございました。篠宮先輩のおかげで、僕……学校に出てこられるようになりました」

電話の声のイメージだと、ずいぶん線の細い、神経質そうな少年を思い描いていたのだが。

初めて見る現実の『野上光矢』は、いい意味で、尚人の予想を裏切っていた。

(そっかぁ……。これが、ホントの野上君なんだ)

目線がほとんど尚人と変わらないということは、身長も同じだということだ。事件後のストレスのせいか頬《ほお》のあたりがかなり鋭角的になっているが、身体つきは尚人よりも逞《たくま》しかった。

それで、ようやく、尚人は野上がテニス部に所属していることを思い出した。

（やっぱり、体育会系だもんな）

そういえば、呼びかけは最初から『篠宮先輩』であった。

本来の野上はもっと活動的で、何もなければ、今頃は部活で黒々と日に焼けていたはずなのだ。この分では、筋肉もずいぶんと落ちているのだろう。

電話だけでは窺い知ることもできなかった諸々のことが一気に現実化して、尚人は、束の間……言葉に詰まる。

こうやって、久し振りに登校してきた野上にはかけてやりたい言葉もいろいろあったはずなのに、なんだか、目の前の野上を見ていると言葉以上に込み上げるモノがあって。

だから。尚人は、

「お帰り、野上君」

以前、自分が登校してきて一番嬉しかった言葉で野上を迎えた。

すると、野上は。少しだけ目を瞠って、それから、あからさまにホッとしたように唇の端を和らげた。

《＊＊＊淫蜜＊＊＊》

深夜。

家に戻ってくるなり、野上《のがみ》の話を持ち出されて、

「へぇー……。野上君、ホントに復学したのか？」

雅紀《まさき》はさらりとそれを口にした。

「ウン。昼休みに突然俺のクラスまで来ちゃったから、もうビックリ」

いつもよりも興奮ぎみにそれを報告する尚人《なおと》の語尾は跳ね上がっている。野上の復学が我が事のように嬉《うれ》しいらしい。

「……そうか」

「俺、野上君って外見は裕太《ゆうた》みたいな感じかなぁ…とか思ってたから、声だけでイメージしてた野上君と実物とのギャップがけっこうあって、二度ビックリって感じ」

「思ってたよりデカかったのか？」

「そう。身長は俺と同じくらいだった。でも、体重はたぶん、俺の方が負けてる」

雅紀的には、別に驚きもしなければ感動もない。野上が復学しようが引きこもりで腐れ果てようが、はっきり言って、雅紀は何の興味も関心もなかった。

ただ、これでもう野上のことで煩《わずら》わされなくて済む。そう思っただけで。

実際、野上の『定時のラブ・コール』があった頃は、裕太の機嫌が最悪だった。

『あいつも……あいつの親も、マジ、ムカつく。ナオちゃんのこと、無料セラピーかなんかと勘違いしてんじゃねーの？』

自覚しているのか、いないのか。嫌悪感を剝《む》き出しにして吐き捨てる言葉には、たっぷりと、野上に対する嫉妬《しっと》と敵愾《てきがい》心がこびりついていた。

今までタダ喰《ぐ》い同然だった尚人の情愛が――たとえそれがただの同情だったとしても、赤の他人に向けられるのが我慢がならないのだろう。ましてや、それが、自分と同じ引きこもり状態であれば特に。

血の繫《つな》がっている弟に欲情する雅紀のケダモノぶりは嫌いだが、それ以上に、訳知り顔で頭から無視されるのはもっと腹が立つ。裕太が投げつけたその言葉が屈折した心情を如実に語っているようで……。

裕太の中では不変だった愛情の分け前は、父親に捨てられたことで消失した。その痛みと喪失感を誰よりもよく知っている裕太だから、雅紀たちに対する屈折した感情は驚くほど強《こわ》い。

いっそ、雅紀の冷淡ぶりが際だつほどに。

裕太の中で、どういう線引きがあるのかは知らないが。相手が雅紀ならば許せても、赤の他人に尚人の関心が向くのは許せない。つまりは、そういうことなのだ。

それを思うと、雅紀は、確かに自分と裕太の『血』は濃い繋がりを持っているのだと思わずにはいられない。

裕太ほどあからさまではないが、突然、家の中に見知らぬ他人が割り込んできたような不快感は雅紀にもあった。

無視するには目障りで。

不愉快で。

――ウザイ。

尚人は、自分たちと野上に対する感情はまったく別モノだと思っている。だから、自分と同じ傷を持ち、そこから抜け出せずにもがいている野上を突き放せない。

だが。雅紀も裕太も、そんなことはどうでもいい。自分たちの日常の中に他人が――兄弟以外の者が入り込んでくるのが嫌なのだ。

だから、雅紀は尚人を抱き。裕太は、それを黙認する。

――逆に。尚人が裕太を構っても、雅紀は必要以上に嫉妬しない。

この篠宮《しのみや》の家で秘密を共有する兄弟《家族》、だからだ。

他人は必要ではない。

き込む。

野上のことばかりを話題にする尚人の口を塞《ふさ》いでしまいたくて、雅紀は尚人の腕を摑《つか》んで抱

「これでもう、大丈夫だよね？」

まったく、よくない。

「ホント、よかったぁ……」

――と。まるで条件反射のように、尚人は身体を硬直させた。

「まぁ…ちゃ……」

先ほどまで饒舌《じょうぜつ》だった尚人の口調が、微《かす》かに上擦《うわず》っている。

大きく見開かれた黒瞳がわずかに潤んで、雅紀だけを映し出す。

雅紀は満足した。今、尚人の頭にあるのは自分だけなのだと知って。

身動きひとつできないように身体を密着させて、組み敷く。そうすると、尚人は本当にすっぽりと雅紀の身体の下に収まってしまう。

「おしゃべりはもういい」

低く、抑制をきかせてそれを口にする。

とたん、身体の下で尚人の鼓動がドクドクと逸《はや》った。

雅紀は、自分の声のトーンが尚人の何を刺激するか知っている。いつもはたっぷりと蜜《みつ》を孕《はら》んだ声音から甘さを抜くだけで、尚人はわずかに竦《すく》んだ。

(俺も、たいがい屈折してるよなぁ)

赤の他人が尚人の気持ちを揺らすことすら我慢できないのだ。裕太のことを、あれこれ言えない。

唇を軽く啄《ついば》むように、キスをする。尚人の四肢から強張《こわば》りが抜けるまで。脅かしてしまった分を、尚人が好きな甘いキスで帳消しにする。

それで、ようやく尚人がおずおずと自分からキスを返してくるようになると、雅紀は片頬《かたほお》で薄く笑った。

「……ナオ。二人っきりのときに、よその男の話はするな」

「……ゴメン」

「妬《や》けるだろぉ?」

「──え?」

(やっぱり、わかってないな。まっ、ナオ……だからなぁ)

他人の機微には聡《さと》いのに、自分のことになるとまるっきり役に立たない。

いや……。まともな恋をすることもなく雅紀と肉体関係を持ってしまったから、いつも雅紀が主導権を握って振り回しているから、そういうことにはまるでアンテナが向かないのだ。

「妬けるんだよ」

「まーちゃん……」

わずかに見開かれた双眸《そうぼう》に、尚人の驚きを見る。

「俺が野上に嫉妬するのが、そんなにおかしい？」

「だっ……て……そんな……俺は、別に……」

尚人は惑乱する。雅紀の言葉が、あまりにも思いがけなくて。

「するんだよ。俺は、おまえが好きだから。おまえがそんなつもりじゃなくても、おまえが嬉しそうにほかの男の話をするだけで妬けるんだよ。俺は、嫉妬深いから」

いっそきっぱりと、雅紀は口にしてしまう。

言葉を出し惜しみして尚人を不安にさせないために。雅紀の愛情はそういう悋気《りんき》を孕んでいるのだと、きっちりと言葉にすることで知らしめる。尚人が他人に心を揺らすことがないように。

「俺は……まーちゃんが、好き……だよ？」

「知ってる」

それこそ、今更である。

けれども。尚人の『好き』には裕太の存在も込みであることを、雅紀は知っている。だから、本当の意味で、雅紀が尚人のすべてを独占できるわけではないことも。

しようと思えば、できないこともないが。それでは、尚人が窒息《ちっそく》してしまうだろう。

雅紀の愛情は歪《ゆが》んで、変質してしまっているから。

雅紀はそれを自覚しているし、今更、それを元に戻したいという気もない。

「だからな、ナオ。おまえは俺だけ見てろ」

尚人の心も身体も縛りたい。愛情と、快楽で。

「おまえが俺の一番なんだから、俺も……おまえの一番になりたい」

満たして、癒《いや》されたい。

愛して、愛されたい。

雅紀が望むのは、それだけだ。

何度も、口角を変えて唇を貪《むさぼ》り。息苦しさに喘《あえ》いで逃げる舌を絡めて――吸い上げる。

それだけで、尚人の頭の芯《しん》はトロトロになった。

どこもかしこも密着して指一本上がらないほどに身体を押しつけてくる雅紀の重みが、心地いい。

トロトロになって。

フワフワ……になって。

ドキドキ――になる。

雅紀に求められるのが、嬉しい。息も満足に継げないほどの口づけの激しさが『好き』の裏返しのように思えて。

唇を吸われるままおずおずと絡められた舌を明け渡し、ディープなキスに酔う。

すると。雅紀が吸うのをやめて舌をほどき、舌先で口腔《こうこう》をゆったりとねぶった。

歯列の裏も――表も。

上顎《うわあご》を、丹念にくすぐり。

舌根をつつき。

ねっとりと、愛《いと》しげに何度も舐《な》めあげる。

そうやって、最後に『くちゅり』と卑猥《ひわい》な交接音を残して唇が外れると、尚人は大きく何度も胸を喘がせた。

上気した頬の熱さと、吐息の甘さ。

キスだけで、幸せな……満ち足りた気分になれる。雅紀に『好き』と言われるまでは、求められることが痛くて怖くて、そんな気持ちになれることすら気づかなかった。

半ば無自覚に、震える舌先で唇を舐める。

そんな尚人の紅潮した耳朶《みみたぶ》を噛《か》んで、雅紀は囁《ささや》く。

「……ナオ、挿《い》れたい。――いい？」

充分に昂《たか》ぶり上がったモノを尚人に押しつけながら。

「ナオの中で、したい」

その熱に煽《あお》られたようにわずかに身じろぐ尚人の外耳をねぶりながら、ねだる。

硬くなった欲望を誇示するように身体を揺すって、こすりつける。

それだけで、尚人の耳朶は火がついたように熱くなった。

「挿れて……いい？」

コクリと、尚人の喉《のど》が上下する。

雅紀はわずかに身体をずらして尚人の指を摑み、熱情の塊を握らせる。

「ナオとキスしただけで、こうなる」

瞬間。尚人はビクリと指を震わせたが、雅紀は逃げることを許さなかった。

「ナオの中で擦《こす》られると、すごく気持ちいい。だから——したい。いい？」

甘く囁いて、

「ナオので、俺も気持ちよくなりたい」

搔《か》き口説く。

求めるだけ、求められたい。他の誰でもない、尚人に。

「すぐ……挿れる…の？」

ビクビクと、尚人が雅紀を窺《うかが》う。

「ナオのあそこがトロトロになるまで舐めてやる。だから……ナオも、して。いい？」

雅紀の熱い囁きが、尚人を縛る。

求められる喜びで、身も心も淫《みだ》らに蕩《とろ》けていく。禁忌よりも熱く、更に——深く。

握らされたモノは、硬くて熱かった。

（まーちゃんの……すごく、硬い）

自分のものとは違う大きさを実感して、尚人はゴクリと生唾《なまつば》を呑《の》み込む。

いつもは一方的に煽られて、イかされて、頭も身体もズクズクに蕩けきって雅紀が入ってくるから、尚人は、雅紀の情欲の『塊』の熱とそこを抉《えぐ》ってねじ込まれる質量しか知らなかった。

尚人は双珠《そうじゅ》も肉茎も後蕾《こうらい》もすべて雅紀にさらけ出して、舌でねぶられ、指で弄《いじ》られ、唇でイかされて息も絶え絶えになるまで喰い尽くされるが。雅紀が尚人にそれを強要したことは一度もない。

尚人はいつでも喰われるだけ、なのだ。その欲望の証を受け止めるだけで精一杯で、雅紀の情欲《じょうよく》の色も形も知らなかった。

だが。雅紀に初めて同じように『して』と言われて、戸惑いながらも、すごく……嬉しかった。自分が、確かに雅紀に必要とされていることが。

雅紀のモノを握り、おずおずと口に含む。

けれど。どこをどうやったら雅紀が気持ちよくなるのか……わからない。

だから。いつも雅紀がしてくれるように、自分がされて気持ちいいところを、同じようにトレースする。

筋に舌を這《は》わせ。

張ったエラをねぶり。

唇で扱《しご》き。

——舐め上げ。

——しゃぶる。

丹念に、一生懸命、雅紀が少しでも気持ちよくなってくれるように。

なんのテクニックもない、稚拙《ちせつ》な口淫《こういん》。

それでも。雅紀のモノが硬く、熱を孕んで口の中で質量を増していくのが嬉しくて。尚人は舌を絡めて熱心にしゃぶった。


（……ッ！）

尚人の舌がいいところを掠《かす》めていくたびに、雅紀の鼓動が逸る。

（けっこう……クルなぁ）

ある意味、色気も何もない、たどたどしいだけの口淫だが。尚人にされていると思うだけで熱が溜《た》まっている。

（……マズイな。こんなに気持ちがいいとは思わなかった）

かつては『日替わりで女を持ち帰る』とまで言われた雅紀であるから、フェラチオ初体験なわけがない。

恋情の絡まない捌《は》け口のセックスでは、女も積極的に楽しみたいという欲望を隠さなかった。中には、雅紀を銜《くわ》え込んで勃起《ぼっき》させたがるテクニシャンもいた。

それに比べれば、尚人の口淫は稚拙すぎた。

だが。なぜか、すごく気持ちいいのだ。

下手《へた》をすると、尚人の口の中に吐き出してしまいそうだった。

それは——マズイ。

雅紀が吐き出したいのは、尚人の後腔《なか》だ。ほとばしる精液のすべてを気持ちよく注ぎ込みたいのは、肉襞《にくひだ》の中だ。

それだけに、何も言わなくても熱心にしゃぶりつく尚人が愛しい。

そうやって、しばらくは初めての口淫に酔っていた雅紀だが。胸にペタリと張りついた尚人の太股《ふともも》を摑んで引き寄せると、膝《ひざ》立てにさせた。

開かれた股間《こかん》に成る尚人の双実を指先で抓《つま》むと、雅紀は片方の実に舌を伸ばして絡め——銜えた。

とたん。

尚人の太股があからさまに痙《ひき》攣《つ》れた。

（あんまり熱中されても、な。今度は、こっちに集中してもらわないと）

覚えたてのフォラチオに熱中していた尚人は、双珠への刺激にヒクリと意識を途切らせた。

雅紀はそれを確認して、ゆったりと実を食《は》んだ。キャンディーを舌先で転がすように刺激してやると、尚人の口が止まった。

クニクニと嚙んでやると、雅紀を舐めていた尚人の舌がリアルに震えた。

もう一方の実をもぎ取るように指で抓んで揉《も》んでやる。と——尚人は、その刺激に耐えられなくなったように雅紀を口から吐き出した。

（乳首がキリキリに尖《とが》るまで、咬《か》んで吸ってやろうな、ナオ）


雅紀に珠を銜えられて、左の乳首がジンジン疼《うず》いた。

（ヤ…だ……。まー…ちゃん……きつく吸わないで……）

もう片方をクリクリと指先で揉みしだかれて、右の乳首が尖る。

（…痛…ぃ……まーちゃん……）

ねぶられて。

——摘み取られて。

しゃぶられて。

──揉みしだかれる。

その刺激に両の乳首がキリキリと凝る。

痛くて。

……疼いて。

……尖る。

痛いのに、気持ちいい。

ふたつの違う痛みと快感に、もぞもぞと腰が揺れた。


指と舌でトロトロにほぐれたそこに、熱い昂ぶりをねじ込む──快感。

「ヒッ…あううう……」

眉間《みけん》を歪めてわずかに呻《うめ》く尚人の掠《かす》れ声すらもが、快楽の呼び水になる。

丹念にほぐして馴《な》らしたはずなのに、キツイ。

「あ……あっ……ンぁぁ……」

そのたびに喉を反らせて、尚人が喘ぐ。

キツくて、一度に入らない。

そのキツさを味わいながらゆっくり、押し込む──愉悦。

「大丈夫……。ほら、ナオ……全部——入った……」

「まぁ……ちゃん……まーちゃ……ダメ……まだ……」

尚人の呼吸が落ち着くまで、待ってやる。

浅く途切れた尚人の喘ぎが、緩む。

「……いい？」

耳元で囁くと。ぎくしゃくと、尚人が頷《うなず》く。

ゆっくりと突いて。

……揺する。

雅紀の大きさと熱に、尚人が馴染《なじ》むまで。揺すって、突いて、揺する。

そして。尚人の食いしばった唇がわずかに綻《ほころ》ぶと。雅紀は、口の端で薄く笑った。

「ナオの中、すごく熱い……。熱くて、きつくて……すごく、いいッ」

《＊＊＊誤算＊＊＊》

「なぁ、聞いた？」

「何を？」

「例の一年のこと」

「あー……。復学してきたはいいけど、授業についていけなくて、今は学習室で個別指導…ってやつだろ？」

「まっ、二ヶ月近くもブランクあるんじゃ、いろいろ大変だよなぁ」

「しょうがねーよ。それを覚悟で復学してきたんだろうし」

「その点、やっぱ、篠宮はさすがだよな。松葉杖《まつばづえ》ついてでも登校してきたし」

「あの根性はスゴイ。俺、マジでビックリした」

「おう。一年間でも経験値の差ってやつ？」

「それを言うなら、篠宮の場合は人生の経験値からして俺たちとは違うって」

「あー、まぁ……な。マネしろったって、できねーよな」

「けど、さぁ。その一年。今更復学してきても、出席日数足りなくて留年決定だったりするんじゃねー？」

「や……事件が事件だしな。そういうのは特例じゃねー？」

「西条《さいじょう》は、ついに休学決定みたいだし」

「たまんねーよなぁ、ほんと」

「どっちにしろ、学力テストをクリアしなくちゃ話にならねーって」

「――だな。あとは、どんだけ頑張れるかってことだけかもな」


「ちょっと、ねぇ、知ってる？　篠宮君、昼休みは学習室に日参してるンだってぇ」

「聞いた、聞いた。お昼は、あの子と一緒にお弁当食べてるんでしょ？」

「一年の学年主任が直々に頼み込んだらしいよぉ」

「えーッ、マジでぇ？」

「ウン。バナちゃんは反対したらしいけど」

「だって、あの子だけいっつも学習室だから、友達もいないわけじゃない」

「やっぱり、新入生で二ヶ月のブランクって大きいよねぇ」

「せっかく戻ってきても、今更、クラスに馴染めないんじゃない？」

「かも、ね。篠宮君の場合は強力なバックアップが揃《そろ》ってるけど……」

「桜坂《おうさか》君、プリントなんか、全部その日のウチにＦＡＸしてたらしいよぉ」

「……スゴイ。さすが、番犬――だよね」

「そういう友達関係って、作ろうったって、なかなかできるモンじゃないし？」

「だけど、昼休みにまで付き合わされる篠宮君もいい迷惑だよね」

「拾った子犬の面倒は最後までみろってことぉ？」

「ヤだぁ、あたしだったら一日でキレちゃいそう」

「大変だよねぇ、篠宮君。変なお荷物を背負わされちゃって」

「ほんと、ほんと……」


「大丈夫かなぁ、野上」

「んー……たぶん」

「篠宮先輩、すっごく優しいみたいだし。親身になって、いろいろ相談にものってくれるんじゃないかな」

「けど、二年の先輩たち、野上のことあんまりいいふうに思ってないみたいだし」

「あー、それ、俺も聞いた。例の昼飯だろ？」

「つーか、その前からじゃねー?」

「篠宮先輩、ずっと、野上と電話で連絡取り合ってたって?」

「だから、それも、親が頼み込んだんだろ?」

「やっぱ、被害者は被害者同士ってことじゃねー?」

「プロのカウンセラーより、篠宮先輩の方がよかったってことだよな」

「野上、篠宮先輩のおかげで復帰できたわけだしさぁ」

「でも……中野《なかの》先輩、篠宮先輩にばっか頼るなって、緒方《おがた》先生に食ってかかったらしいじゃん」

「すっごい剣幕だったたって。職員室の外にまで、声、筒抜けだったらしいぞ」

「それより、やっぱ、桜坂先輩じゃねー? 緒方先生も五組の担任の結城《ゆうき》先生もビビりまくりだったたって」

「なんたって、篠宮先輩の番犬——だし?」

「やっぱり、先輩って怖いよなぁ……」

§§§§　§§§§　§§§§　§§§§

周囲が、いろいろと騒々しい。

しかし。野上にはその雑音に耳を貸している暇はなかった。

二ヶ月のブランクは、野上が思っていた以上だった。

クラスのみんなが必要以上に自分に気を遣っているのがもどかしい、とか。自分一人だけがクラスで浮いている、とか。周囲の視線が気になる、とか。

そんなことよりも、もっと、ずっと差し迫った問題があった。

当たり前のことだが、授業がまるでわからない。

――ついていけない。

その事実に、今更のように愕然《がくぜん》とした。

自分ではそれなりの自覚と覚悟をしていたはずなのに、遅れた分の学習を取り戻すことの大変さを甘く見ていた。

事件前は、予習・復習は当たり前。その上、部活もそれなりにこなせていたはずなのに……。

それを思うと、顔が歪んだ。

こんなはずじゃない。

自分はもっとやれるはずだ。

それが思い込みではなく、ただの自惚《うぬぼ》れにすぎなかったのだという――焦り。

このままじゃ、ダメだ。

もっと頑張らないと置いていかれる。

目の前の現実がのしかかる――プレッシャー。

ダメだ。

……マズイ。

………ヤバイ。

思いもしない日々のストレスが蓄積していく。

それは、野上にとっては予想外の大誤算だった。

§§§§　§§§§　§§§§　§§§§

一学期終業式。

明日からは、嬉しい楽しい夏休み。

――といっても。土曜日曜の連休明けには、すぐに夏期課外授業が始まるので、そうそう浮かれてばかりはいられないが。

とりあえず、いろいろと大変なことはあったが一学期はそれなりに無事乗り切ることができた。それを思うと、尚人はホッとため息を漏《も》らさずにはいられない。

（野上君との昼飯も、これで終わりにできるわけだしな）

野上と一緒に食べる昼食時間が特別に気詰まりだったわけではない。

けれども。野上が登校してきてすんなり切れると思っていた『縁』がまだ別の形になって細々と繋がっていることに、尚人は多少疲れてきている自分を自覚していた。

（腐れ縁はマズイよなぁ）

このまま、野上が自分に依存してしまうことがだ。

一学年主任の緒方から野上との昼食のことを持ち出されたとき、尚人は断るつもりだった。学校に出てきてしまえば、野上に必要なのは自分ではなく、同学年の友人だと思っていたからだ。

自分はあくまで時間限定の『避難所』であるという尚人の気持ちは変わらなかった。

それでも。学習の遅れを取り戻すために毎日一人だけ学習室で勉強している野上がそのことにストレスを感じているので、せめて、昼食だけでも一緒に食べてもらえないだろうか。そんなふうに懇願されて、尚人はどういうリアクションを取ればいいのか迷った。

一人だけ別行動でストレスを感じているのなら、昼食時間だけでもクラスに戻って皆と弁当を食べればいいのではないか？

尚人はそう思った。

そうやって弁当を食べながらたわいもないおしゃべりをするだけでも、ずいぶんと気分が和らぐだろうし。そしたら、多少ぎくしゃくしているクラスメートとの距離も縮まって皆と馴染みやすくなるのではないかと。

自分自身の経験もふまえて、尚人は、そう進言したのだが。野上がそういう友人関係にも一種のストレスを感じているようだと聞かされて、返す言葉に詰まった。

何より、野上自身が尚人とのふれあいの時間がほしいと希望している——と緒方に言われて、どっぷりとため息が出た。

「でも、先生。そこで俺が出しゃばってしまったら、クラスメートとの距離感はますます開いてしまうんじゃないですか？」

尚人的には、その方がマズイような気がした。

野上にとってもクラスメートにとっても二ヶ月のブランクはそれなりに重いというのであれば、双方が歩み寄る以外にない。それは一年五組の問題であって、そこに部外者の尚人は不要である。

尚人は、そう思っていたのだが……。

「今は、野上君のストレスをひとつでも軽くしてやる方がいいのではないかと思ってね。どうかな？」

『どうかな?』

――と言われて。

『ハイ、わかりました』

――と即答できるほど、尚人は時間を持て余しているわけではない。

それに。その件に関しては、尚人よりも周囲の反発が強くて。中野が職員室にまで抗議に行ったときには、尚人は大いに慌てた。

「おまえは、もっとエゴになれ」

ビシッと突きつけられた中野の言葉に、桜坂も山下《やました》も賛同した。

その気持ちが痛いほど嬉しかった尚人だが。現実問題として、野上にすがるような目で『お願い』されてしまっては突っぱねることができなくなってしまったのだ。

「すみません。一人だと、なんか食べる気しなくて。だからって、昼飯の時間だけ教室に戻るのも、なんか……」

口を濁して目を伏せてしまった野上の気持ちも、痛いほどわかってしまって。夏休みが間近に迫っていることも考えると、それでも構わないだろうと。

しかし。それではなんの解決にもならないことが、尚人にはわかってしまった。

以前のように声だけで繋がっているときには見えなかったモノが、実際に野上と接していると視《み》えてくる。

それは、表情であったり。仕種《しぐさ》であったり。眼差しであったり。視覚に訴えかけてくるインパクトは、声だけでは窺い知れないものを補完して余りあった。

もともと、尚人にとって野上との関係はイレギュラーなものだった。

始まりが、同じ『疵《きず》』を持つ者としての傷の舐め合いであった。

傷を舐め合っている限り、対等な友人関係は築けない。それを、尚人は今更のように実感してしまった。

その意味では、一ヶ月半の夏休みはいい冷却期間になるのではないかと思えた。

§§§§§　§§§§§　§§§§§　§§§§§

夏休みに入って、早、十日。

土・日を除いて午前中に行われる課外授業も、相変わらず、野上は学習室での補習だった。

校舎を取り巻く木々に張りついて鳴く蟬《せみ》の声が、ウザイ。冷房中で部屋の窓を閉め切っていても、その耳障りな鳴き声は間断なく響いてくる。

それだけ、集中力が落ちているということの証《あかし》なのだろう。

尚人とは、夏休みに入ってから会えない。

一年も二年も、同じ時間帯に課外授業が行われていることに変わりはないのに。同じ校舎内にいるのに。まったく……会えない。

十分間の休み時間になると、一年五組のクラスメートたちがちょこちょこと様子を見に来てくれる。

ちなみに。それは中野が、

「なんでクラスメートでもない上級生の篠宮がそんなことまでしなくちゃならないのか、俺には、まったく理解できません」

声高にブチ上げ。

山下が、

「はっきり言って、そんなのは一学年の問題じゃないですか。野上が一人だけで補習を受けるストレスを感じているというなら、まず、クラスで……一学年で何とかすべきじゃないんですか？」

淡々とコキ下ろし。

桜坂が、

「そのために、一学年の先生方が何をどう考えて、一学年の連中でどういう努力をしたのか……。後学のために、ぜひ、聞かせてもらいたいんですが」

ぐっさりと抉り。

「篠宮は、野上問題を解決するためのオールマイティーのジョーカーじゃありませんッ」

中野が辛辣《しんらつ》に吐き捨てたことに対する、一年五組の遅まきながらのアプローチであったわけだが。そこらへん、上級生三人組の抗議にクラスメートの感情が大いに揺さぶられたことは、むろん、野上の知るところではない。

そんなことがあったことすら、学習室にこもっている野上の耳には届かない。よくも悪くも、野上は独りだった。

それで、クラスメートたちはたわいもない雑談をして帰るのだが、尚人は一度も来てくれない。

なんで？

──どうして？

そんなのは、わかりきってる。野上は尚人の『特別』ではないからだ。

野上が尚人を必要としているほどには、尚人は自分を必要ではない。そんなことは初めからわかっていた。

尚人は、野上とは違う。いつでも、どこにいても、しっかりと自分の足で立っていられる『大人』なのだ。

だから、尚人は手紙をくれた。電話で話してもくれたし、一緒に弁当も食べてくれた。それは『そうしてほしい』と、野上が——野上の母親が頼んだからだ。

そして、気づいた。尚人は野上の願いを叶《かな》えてはくれたが、尚人自身は何も欲しがらないことを。野上が問いかければ尚人は答えをくれたが、聞かない限り——野上が何らかのアクションを起こさない限り、尚人は何も与えてはくれないことを。

それを知って、野上は、ある意味……愕然とした。自分と尚人の間には、目には見えないだけで歴然とした線引きがあることを知って。

学年差を超えた友人にはなれなくても、尚人は、同じ痛みを知る仲間であると野上は思っていた。だが、それは違うのだと思い知らされたような気がした。

声が聞きたい。

話がしたい。

顔を——見たいッ。

尚人の柔らかで落ち着きのある声を聞いているだけで、安心できる。

その顔を見ているだけで、癒される。

だから、会いたいッ。

野上はそう思っているのに、尚人は違うのだ。

求めても、手に入らないモノがあるという飢渇感。野上は、そのことを初めて知ったような気がした。

夏休みに入って、どうにも我慢できなくて、もう空で覚えている篠宮家の電話番号を押してみた。

ドキドキしながら、コール音を聞いた。

だが。出たのが尚人ではなく弟だったので、野上は慌ててすぐに切った。

あの弟は……苦手だ。

本当のことしか言わないから、嫌いだ。

野上の痛いところを容赦なく抉るから――怖い。

それから、一度も電話をしていない。また弟が電話口に出るかもしれないと思うと、怖くて。

弟の、刺々《とげとげ》しい言葉はいまだに耳の底にこびりついている。あの弟の声は、もう二度と聞きたくなかった。だから、電話もできない。

会いたい。

会って、話がしたい。

そしたら。

そしたら……。

焦りも、不安も、みんな消えてなくなるはずなのだ。

それを思って。野上は、机の上のテキストを睨《にら》んでギリギリと奥歯を噛みしめた。

《＊＊＊衝動の行方《ベクトル》＊＊＊》

夏休み、前期課外授業の最終日。

三時間目の英語の授業が終わって、二年七組の緊張感はどっと一気にほぐれた。

「うおぅ、ようやっと終わったぜぇぇッ」

「明日からが本当の夏休みだぁッ」

「……っし。遊びまくるぞぉおッ」

男子の気合いのこもった雄叫《おたけ》びと。

「ねぇ、ねぇ。帰り、『チェナック』でランチ食べない？」

「えー。明日から沖縄《おきなわ》なの？　いいなぁ」

「フフフ……。まずは、ショッピングよねぇ」

解放感で華やぐ女子の声。

それは七組に限ったことではなく、校舎中、どこもかしこも明日からの話で盛り上がっているに違いない。

「桜坂は、休み、どうするの？」

尚人の口からも、自然とその言葉がこぼれた。

「水曜から道場の合宿に参加する」

桜坂が『道場』と言えば、それは当然『空手』のことである。この秋には昇段試験が控えているので、桜坂としても夏合宿には気合いが入っているのであった。

学業優先、空手は二の次——というより、桜坂の中では幼稚園の頃からすでに日常の一環として空手があるので、そういった意味でのボーダーラインはない。むしろ、思考と身体《頭》——集中力とリラックスのバランスが上手《うま》く取れているのかもしれない。

「そうなんだ？」

「おまえは？」

思わず問い返して、

(……マズった)

内心、焦る。

長期連休になれば、家族旅行だの友人との遊行三昧《ざんまい》……翔南《しょうなん》では一応禁止のアルバイトだの、日頃はできないことが楽しめる。しかし、引きこもりの弟がいては、どこかに泊まりがけで遊びに出かけるといったこともできないに違いない。

けれど、尚人はそんな桜坂の焦りなどまったく意に介すわけでもなく、

「んー……これといって、予定はないかな」

いつもと同じ口調で返す。

毎年繰り返される夏休み。いったい、尚人はどういうふうに過ごしてきたのだろうかと。ふと、そんな想いが桜坂の頭の縁《へり》をよぎった。

「あ……じゃあ、俺、ちょっと中野のとこに行ってくる」

「中野?」

「ウン。『グラナダ』のCD貸してくれるって言うから」

「何、おまえ、あーゆー洋楽のハード・ロック系、好きなのか?」

——意外だ。

それがモロに顔に出たのか、尚人はクスリと笑った。

「俺じゃなくて、裕太がね」

「あー、そう。弟な」

「じゃ、行ってくる」

「おう」

尚人の背中を見送りながら、桜坂は、勝木《かつき》署でたった一度会ったきりの裕太の顔を思い浮かべる。

穏やかな性質の尚人とは似ても似つかないほど排他的な雰囲気を醸し出す弟は、それでいて苛烈《かれつ》な、確固たるプライドを持っていた。ただの偏見かもしれないが、桜坂が莫然と抱いていた『引きこもり』という暗く軟弱なイメージがあれほど似合わない弟も珍しい。

桜坂自身、三歳年上の兄とは似ても似つかない兄弟——とはよく言われるが。篠宮家の兄弟は皆、ビジュアル面でもそうだが、それぞれが別方向でインパクトがありすぎるような気がした。

今は別生活をしている紅一点の長女も、噂《うわさ》によれば目鼻立ちのくっきりした美人であるというから、その美形度はＤＮＡに刷り込まれているのかもしれない。

そんなことを思いながら、ゆっくりと帰り支度をしていると。いまだざわついた教室の入口近く、

「あの……。すみません。篠宮先輩、いらっしゃいますか?」

見慣れない顔の二人連れが緊張ぎみに顔を覗《のぞ》かせた。

先輩——というからには一年だろう。

とたん。ざわついていた教室が、ピタリと奇妙に静まり返った。

ただでさえ慣れない上級生のクラス。

そんな苦手意識があるのか。それとも、ただの緊張感か。あるいは、好奇心というにはきつすぎる視線が一斉に突き刺さる居心地悪さでも感じているのか。二人組は揃ってぎくしゃくと身じろいだ。

「あ…のぉ……」

「おい。桜坂。篠宮だってさ」

その呼びかけに、皆がこぞって桜坂を振り返る。

（だからって、なんで俺なわけ？）

内心、桜坂は愚痴る。

――が。クラスメートの論理は、しごく明快だ。

桜坂は尚人の『番犬』だからだ。

事件以後、彼らの認識にズレはない。

――いや。むしろ、徹底された……かもしれない。何しろ、桜坂自身が否定もしないものだから。

衆人環視の中、桜坂はゆったりと立ち上がって入口まで歩いていく。

すると。二人組は、

『聞いてねーよぉぉ』

『なんで……桜坂先輩？』

……とでも言いたげに。おそらく、下級生にとっては一番有名人な桜坂の何とも言い難い威圧感におののいたように、わずかに後退《あとじさ》った。

それは、

「篠宮に、何の用だ？」

桜坂が詰問すると更に顕著になった。

「あ……俺たち、その……伝言があって、来ました」

すっかり萎縮《いしゅく》してしまったように、しどろもどろに答える。

「誰から？」

——と。二人は、どちらからともなく顔を見合わせ、

「野上、君……です」

ぎくしゃくとその名前を口にした。

（野上のパシリ……な）

それだけで、

「そいつが、何？」

自覚なしに、桜坂のトーンが下がる。

「え……と、その……来てもらえないかって……」

（パシリを使って篠宮を呼びつけやがるなんて、いい根性してやがるじゃねーか）

もともと野上に対しては含むところありありな桜坂にしてみれば、舌打ちでもしたいところだった。

「学習室か？」

「あ……ハイ」

それだけ聞いて。桜坂は、大股《おおまた》で歩いていく。

「あの、桜坂先輩ッ」

背後で、当惑しきったような上擦った声がする。

それはそうだろう。彼らは尚人を呼びに来たのであって、間違っても強面《こわもて》する番犬《桜坂》ではない。

伝言係としては、立つ瀬がない。

けれども。桜坂は振り返らなかった。

下級生のくせに尚人を呼びつける根性もそうだが、

（…ったく。いいかげんにしろよなぁ。あいつ、篠宮を、自分専用の無料セラピストかなんかと勘違いしてんじゃねーか？）

それを思うと、我が事以上に腹が立ってしょうがない。

ムカついて、滅多に擦り切れることのない堪忍袋の緒もガンギレて、

（いつまでも甘ったれてんじゃねーよッ）

その言葉で横っ面を張り飛ばしてやりたくなる。

野上光矢《こうや》が不幸な事件の被害に遭ってしまったことには、心から同情する。

桜坂だけではなく、翔南高校の全員がそう思っているだろう。自転車通学をしている者ならば、特に。

無作為の——理不尽な蛮行。あれは、いつ自分が被害者になってもおかしくない状況だった

からだ。

だが。実害を被ったのは、野上だけではない。

不慮の災難に軽いも重いもないことは承知の上で、あえて言えば。野上は、確かに『運がよかった』のだ。ほかの被害者に比べて、実害がそれほど深刻ではなかったからだ。

いまだ病院のベッドで復学の目処《めど》も立たない三年の西条の無念さを思えば、精神的なストレスを云々言えるだけマシではないかと。つい、そんなふうに思ってしまいたくなる。

尚人が同じ被害者として野上のことを何かと気遣うのは、翔南高校の後輩だからだ。事件の衝撃と恐怖とその傷痕《痛み》を知る者として、見てみない振りはできないという尚人の気持ちはよくわかる。

トラウマを引き摺《ず》ってもがき苦しんでいるのを見て、もしも自分にできることがあれば何とかしてやりたいと思うのは、ある意味、人として当然のことかもしれない。

そういう尚人の偽善的ではない真摯《しんし》な気持ちが伝わったからこそ、野上は復学してきたのだろう。

本当によかったと思う。

困難から逃げないで。

不安に流されないで。

自分を投げ出さないで。

いろいろ葛藤《かっとう》もあっただろうがちゃんと復活できて、立派だと思った。

しかし。尚人のボランティア精神に付け込んで、いつまでもズルズルと依存してしまうのは問題大ありではなかろうか。

いつだったか、

「黙って手を引いてやるのは優しさじゃないって、雅紀兄さんに怒られちゃったよ」

そう言って苦笑を漏らした尚人に、桜坂は、

(さすが、篠宮の兄貴。わかってるよなぁ)

もっと、ビシバシ言ってくれとエールを送りたいくらいだった。

ボランティア——その定義は、人それぞれだろうが。桜坂は、自分の負担にならない程度に時間と善意を分け与えることがボランティアだと思っている。

見返りを期待しない無償の行為——だ。

言ってみれば、ポリシーの問題だろう。

だから、桜坂的には積極的にボランティア活動に参加する気もないし、しないからといって、別に自分が利己主義だと思ったこともない。

尚人の場合、ボランティアの『余裕』を大幅に超していると思っているのは桜坂だけではないだろう。

尚人には、その余裕をもっと自分のために使ってもらいたいと思う。

それが頭にあるからだろう。同じ被害者であるというだけで、尚人の善意をタダ喰いしている野上がどうにも腹立たしくてならない。

甘えるなッ。

寄りかかるなッ。

一人で立って、サクサク歩けッ！

苦々しい思いで奥歯を軋《きし》らせているのは、桜坂だけではないはずだ。

けれども。それを口に出せない雰囲気があった。

事件のトラウマを抱えながら二ヶ月ぶりで登校してきた野上が、思いのほかやつれきっていたこともあってか。皆が、過剰に同情的だった。授業の遅れを取り戻そうと学習室で一人奮闘している野上に、よけいなストレスを与えてはならないと。まるで、暗黙の了解でもできているようだった。

「やり始めたことにケジメをつけるタイミングって、けっこう難しいよね。自分ではここでいいかな……とか思ってても、ズレちゃうし」

なにげにポソリとこぼした尚人の言葉が、翔南高校の現状を象徴している。

どこか、で。

何か、が。

——間違ってる。

なのに。それを声高に口にすると、せっかく訪れた日常の平穏が崩れ去ってしまうのではないかと、誰もが疑心暗鬼になっている。桜坂は、そんな気がしてならない。

始めたのが尚人ならば、幕を下ろすのも尚人であればいい。けれど、尚人がそれをしようとすると、周囲が、

『今、このタイミングでそれは困る』

とばかりに慌てふためいて……潰《つぶ》そうとする。

このままでは尚人の負担が増すばかりで、そのうち、尚人の方が参ってしまうのではないか。

桜坂は、その懸念を捨てることができなかった。

§§§§§　§§§§§　§§§§§　§§§§§

本館校舎の学習室。

野上は机の上のテキストを片付けて、小さくため息を漏らした。

（篠宮先輩——来てくれるかな）

二限が終わったあとの休み時間に来てくれたクラスメートに、尚人への伝言を頼んだ。

「篠宮先輩、呼んできてもらえないかな」

——瞬間。二人は、何とも言い難い顔をしたが。

「ちょっとだけでもいいから……会いたいんだ」

それを口にすると、ダメだ——とは言わなかった。

けれど。

伝言はするが。尚人がそれに応じてくれるかどうか、その責任までは持てない。そう言われた。

(大丈夫。先輩は、優しいから。僕が頼めば絶対に来てくれる……)

——はずだ。

もしも、尚人の都合が悪いのなら明日でもいい。

前期課外は今日で終わるから、学校ではないどこかで待ち合わせをしてもいい。

(あー……そうだ。その方がいい。だったら、誰にも遠慮しなくてもいいし)

それでもダメなら、いつだったら都合がつくか、それを聞いてもらえるように担任か学年主任に頼んでみよう。野上はそう思っていた。

会いたいのだ。

このままでは、何も手につかなくなってしまいそうで……困る。

勉強だって、はかどらないし。何か不都合なことがあったら、自分の中に溜め込んでしまわないで口に出しなさいと、カウンセラーも言っていた。

（大丈夫……）

今までも。

これからだって……。

尚人の関係は変わらないはずだ。野上がそれを望んでいる限り、何も変わらない。

周りが、何をどう言おうと――関係ない。

（だって、これは、僕と篠宮先輩の問題なんだから……。他人は関係ない）

野上にとっての尚人は、必要不可欠な指針のようなモノだ。

無くせない。

喪《うしな》えない。

とても、大切な者――だ。

周囲の雑音を気にするから、迷ってしまう。あれこれ考えて、悩まなくていいことまで先読みして不安になる。

だから。野上は、今度こそ自分の口から尚人にきちんと伝えようと思った。

自分にとって、尚人の存在がかけがえのないモノなのだということを。

真摯に願えば、きっと、尚人はわかってくれる。

――応えてくれる。

なぜなら、自分と尚人は理不尽な『疵』と『痛み』を共有できる仲間だからだ。

——と。

そのとき。

ドアをノックする音がした。

とたんに、野上の顔に晴れやかな笑顔が浮かぶ。

しかし。

ドアを開けて入ってきたのが尚人ではなく、桜坂だと知って。

(桜坂……先輩?)

思わず、その目を瞠《みは》った。

なぜ。

どうして。

現れたのが桜坂なのか……わからない。

(あ……もしかして。篠宮先輩、何か用があってすぐには来られないから、僕に待っててくれって、桜坂先輩を寄越してくれたのかな)

——かもしれない。

「あの……」

「野上光矢君?」

落ち着きのある低音《トーン》で名前を呼ばれて、野上はドキリとした。

「あ……ハイ」

「俺は、篠宮のクラスメートで桜坂っていうんだけど」

「……ハイ」

桜坂を眼前にして、ドキドキと鼓動が逸る。

皆と遠巻きに眺めていたのとは違う、生の迫力。それだけで……ドギマギした。

「呼ばれてもないのに邪魔をして悪い。けど、どうしても君に言いたいことがあって」

あー……。やっぱり、そうなんだ？

尚人からの伝言。それを思うと、野上の唇も自然と綻んだ。

だが。

「そっちの都合で篠宮を振り回すの、やめてくれないかな」

「──え？」

一瞬、何を言われたのか……わからなかった。

「そろそろ、君も一人で立って歩けるだろ？　だったら、もういいんじゃないか？」

桜坂が、いったい何を言いたいのか。わからなかった。

いや……。

わかりたくないから、思考が拒否してしまっただけなのかもしれない。

「いいって……何、が？」

「いいかげん、篠宮離れをしろってことだよ」

——瞬間。

野上は、心臓を鷲摑《わしづか》みにされたような気がした。

息が詰まって。

キーン……と、耳鳴りがした。

なんで？

どうして？

桜坂に、そんなことを言われなければならないのか——わからなかった。

「篠宮はただの高校生で、セラピストじゃない。何でもかんでも篠宮に頼るの、いいかげんにやめたらどうだ？」

それだけで、野上は、顔面から血の気が引いていくのがわかった。

桜坂の強い眼差しが、食い込んでくる。

「なん……で——なんで、そんなこと、言うんですか……。桜坂、先輩には……関係ないじゃないですか」

込み上げる不快感で、声が掠れた。

今まで、誰もそんなことは言わなかった。

なのに。どうして、何の関係もない桜坂に面と向かってそんなことを言われなければならないのか。野上には理解できなかった。

「僕と、篠宮先輩のことに……横から勝手に——口、突っ込まないでくださいッ」

グラグラと怒りが煮えたって、唇が震えた。

いくら、尚人の親友でも、桜坂がそんなことを言う権利はないはずだ。それを思うと、嫌悪感で喉奥がザラついた。

だが。桜坂は容赦がなかった。

「おまえと篠宮？　違うだろ」

違う？

——何が？

「おまえ一人の問題なんだよ、野上。篠宮は関係ない。だから、いつまでも篠宮を引きずり回すんじゃねーって言ってんだよ」

誰も口に出しては言わない事実を、あえて、桜坂は言葉にする。でなければ、いつまでたっても何も変わらないような気がして。

「おまえ自身のことなんだよ。乗り越えるのも、潰れるのも、楽な方に流されるのも。グラグラすんのも、シャッキリするのも……おまえが考えて、おまえが答えを出すべきことなんだ。そのフォローをすんのはおまえの親の役目で、赤の他人の篠宮じゃねー」

桜坂は、自分の言っていることが間違っているとは思わない。本当に腹立たしいのは、野上の親がすべてを尚人に丸投げして傍観者を決め込んでいることだ。

野上が復学すれば、それで万々歳だとでも思っているのだろうか。

とんでもない思い違いだ。

精神的ストレスを理由にどれだけ道理をへし曲げているか。自分の息子の厚顔無恥ぶりを、その目で確かめてみやがれッ。そう、怒鳴ってやりたいくらいだ。

「篠宮はおまえのためにできることをしてやった。それで充分だろ」

充分どころか、十二分に与えてやったはずだ。

時間も。

善意も。

同情も……。

それでもなお欲しがるだけの野上に、いつまでたっても甘えてしがみつくことしか知らないその傲慢《ごうまん》ぶりに、桜坂は本気で蹴《け》りを入れたくなる。

「なんで……どうして、そんなこと……言うんだよ。僕のこと、一番よくわかってくれるのは……篠宮先輩なんだ」

「違う。おまえがそう思い込んでるだけだ」

「僕は、篠宮先輩がいいんだ」

「いつまでもおまえに構ってるほど、篠宮は暇じゃない」

とたん。野上の顔が歪んだ。

「僕は……僕には、篠宮先輩しかいないのに……」

ぎくしゃくと立ち上がりざま、野上は震える手でずっしりと重いペンケースを摑み、

「なのに、なんで、僕から引き離そうとするんだよッ」

憤激を込めて、桜坂に投げつける。

それを苦もなく片手で払った桜坂の足下に、ペンケースの中身がバラけて散らばった。

「おまえが、そんなふうに篠宮にベッタリしがみついて離れようとしないからだよ。いいかげん、甘ったれてないで自分の足で立って歩けッ」

それだけ言い捨てると、桜坂はくるりと背を向けた。


そのとき。

野上は。

自分と尚人の間にいきなり割り込んで引き裂こうとする桜坂の背中を、身じろぎもせず凝視していた。

肩幅が広く、腰がきっちり締まっている逆三角形。

自分とは、比べものにならないほど大きくて。

頼りがいのある。

逞《たくま》しい――背中。

だが。

それは、自分から尚人を奪っていく略奪者の背中だった。

彼は。

野上の中にある『苦しさ』も『痛み』も『辛《つら》さ』も、何も理解できない。

理不尽な暴力で刻まれた心の『疵』がどんなものであるかも知らない。いや……。知ろうとも、しない。

なのに。

声高に自分の正義を振りかざして、野上を痛めつけ――傷つける。

腹立たしくて。

恨めしくて。

憎むべき、背中だった。

このままこの背中を見送ってしまったら、自分は尚人を喪ってしまう。

イヤだッ。

――ダメだッ。

――――認めないッ！

自分と尚人を引き裂く奴こそ、邪魔者なのだ。
このまま行かせてしまったら、何もかもがダメになってしまう。
なら、どうする?
どうすれば、あの背中を止めることができる?
そのとき。
野上の視界の中に、床にバラ撒《ま》かれたモノが飛び込んできた。
シャープ・ペン。
マーカー・ペン。
色とりどりの蛍光ペン。
シャープ・ペンの芯。
消しゴム。
ミニ定規。
スティック・のり。
そして——ハサミ。
とたん。
野上の鼓動が、ドクン……と。ひとつ大きく跳ねた。
学習室のドアが開く。

（ダメだッ）

（行かせないッ！）

野上は慌ててハサミを拾い上げると、駆け出し、自分の視界から消え失せてしまいそうになる憎い背中めがけて思うさまハサミを突き立てた。

§§§§　　§§§§§　　§§§§§　　§§§§

中野《なかの》からCDを受け取って、尚人《なおと》が自分のクラスに戻ってくると。桜坂《おうさか》はいなかった。

「あれ？　桜坂……どこに行っちゃったんだろ」

鞄《かばん》は、ある。

「渡辺《わたなべ》。桜坂、知らない？」

教室の入口近くで友人とダべっている渡辺に声をかけると。渡辺は、一瞬、ハッとしたように口を噤《つぐ》んだ。

「あ……桜坂？」

「どこに行ったか、知ってる？　鞄だけ置いてっちゃったみたいなんだけど」

「えー……と。さっき、一年が来て……」

「一年って?」

「例の一年の……クラスメート」

ドキリ、とする。

(野上《のがみ》……君?)

夏休みの課外授業が始まってから、尚人は一度も学習室に顔を出していない。

自分の役目は終わった——いや、自分なりのケジメをつけるためにも、尚人は夏期課外授業に専念したいことを担任に告げてあった。

それだけで、担任の荒木《あらき》はすべてを察してくれた。尚人が、あえて野上のことを持ち出すまでもなく。

もともと、昼休みの学習室で野上と弁当を食べることに関しては、一年と二年の教諭たちとでは見解の差は明確であった。結局、一学年主任の緒方の懇願に尚人は押し切られてしまったわけだが、荒木と立花は最後まで反対の立場を崩さなかった。

「そいつら、おまえに会いに来たみたいだったけど、おまえいなかったから……桜坂が代わりに、行ったみたい」

「……って、もしかして——学習室?」

「——たぶん」

「ありがと」

どうして、桜坂が自分の代わりに学習室に行ったのか。その真意など、尚人にはわからなかったが。

妙に……胸騒ぎがした。

桜坂や中野たちが野上に対して良い感情を持っていないことは、先日、職員室での抗議行動で嫌というほど実感してしまった。

だから、だ。

尚人が幾分急ぎ足で廊下に出ると、

「あれ？　篠宮《しのみや》、どこに行くんだ？　帰るんじゃねーの？」

帰り支度を終えて教室を出てきた山下《やました》にバッタリ出くわした。

「ウン。ちょっと、桜坂が学習室に行ったっていうから……」

学習室――と聞いてわずかに眉間《みけん》に皺《しわ》を寄せた山下は、そのまま聞き捨てにはできないとばかりに、

「俺も付き合う」

肩を並べてきた。

そして。新館から本館の渡り廊下を渡りきったところで、二人は本館校舎が異様にざわついているのを感じた。

「なん、だろ……」

「行ってみようぜ、篠宮」

二人は、人集《ひとだか》りのしている方へと小走りに駆け出した。

§§§§§　§§§§§　§§§§§　§§§§§

そのとき。

雅紀《まさき》は。

家でシャワーを浴び終えて、リビングでノートパソコンを開いたところだった。

朝一……というにはすでに午後にはなっていたが、とりあえず、目が覚めたらメールをチェックする。それが、雅紀の日課になっていた。

仕事関係でもプライベートでも、けっこう、頻繁《ひんぱん》にメールは入る。

特に仕事絡みでは細々《こまごま》としたスケジュール調整などもあって、メールのチェックは欠かせないのだった。

着信していたメールにそれぞれ返信して、

（これでよし…っと）

ノートパソコンを閉じる。

返す目で壁の時計を見やれば、午後一時になろうとしているところだった。

じきに、尚人が課外授業を終えて学校から戻ってくる。

（今日は何もないから、久々にナオを連れて城ケ崎《じょうがさき》のショッピングモールにでも出てみるか。昼飯も、向こうで食えばいいし）

どこでもいいのだ。夏休みになったといっても、変則的な雅紀のスケジュールでは旅行に連れて行ってやれるわけではない。

極論を言えば。雅紀は別に裕太《ゆうた》一人を家に置いていっても構わないのだが、尚人は絶対に『ウン』とは言わないだろう。

――と。

不意に、携帯が鳴った。

発信元は翔南《しょうなん》高校だった。

一瞬、ハッとして。雅紀はすぐに携帯を開いた。

「ハイ。雅紀です」

『翔南高校の、立花《たちばな》ですが』

「どうも。お世話になっています」

『今、お仕事中ですか?』

「いえ。今は千束《ちづか》の家です」

するど。立花は、ホッとしたように小さくため息をついた。

『でしたら、申し訳ありませんが。翔南高校まで来ていただけますか?』

「弟が、何か?」

『ちょっと、急に篠宮君の具合が悪くなりまして……』

それで、雅紀の顔つきがガラリと切迫した。

「すぐに行きます」

それだけ告げて、立花の返事も聞かずに雅紀は携帯を切る。電話で尚人の様子を尋ねる時間すら惜しくて。

それから慌てて階段を駆け上がり、裕太の部屋のドアを叩《たた》く。

「裕太ッ。翔南高校に行ってくる。鍵《かぎ》、締めとけッ」

それだけ怒鳴って自分の部屋に駆け込み、バタバタと着替える。

すると。すぐに部屋を出てきた裕太が、

「ナオちゃんに、なんかあったのかよ?」

不安げに口にする。

「学校で具合が悪くなったらしい」

「雅紀にーちゃん。ナオちゃんのこと、なんかわかったら、ちゃんと電話して」

一瞬、雅紀は手を止めて裕太を振り返る。

「家に帰ってくる前にだぞ?」

裕太が硬い声でもう一度念を押す。

その瞬間。雅紀は、わずかに表情を和らげて、

「あー、わかった」

部屋を出ざま、裕太の頭を軽くポンポンと叩いた。

「心配するな」

「……ウン」

「じゃ、行ってくる」

雅紀が部屋を出て階段を下りる。

そのあとに続いて玄関まで雅紀を見送った裕太は、閉まったドアをいっとき身じろぎもせずに凝視して、それからゆっくりと鍵を締めた。

§§§　§§§　§§§　§§§

翔南高校の学内駐車場に車を止めて、降りると。見知った顔が雅紀を出迎えた。

「……中野君」

「こんにちは」

中野はペコリと一礼する。

「立花先生に、お兄さんが来られたら、先に篠宮のところに案内しておいてくれと言われました」

（なんで、中野君なんだ？）

ふと、雅紀はそれを思う。

尚人とはクラス違いということもあったが、なぜか、雅紀の頭には尚人のことに関しては桜坂——というイメージがあったのだ。

「そう。ありがとう」

中野は雅紀を伴って、本館校舎の正面玄関口へと促した。

中野の後に続いて、校舎内に入る。

雅紀も中野も、無駄口は一切なかった。

午前中に課外授業が終わったこともあって、校舎内はしんと静まり返っていた。

だが。職員室前まで来ると、

「だから、どうして、こんなことになるんですかッ！」

突然、ヒステリックな声が廊下まで響いた。

思わず足を止めて、雅紀が中野を見やる。

「——誰？」

「野上の……おふくろさんだと思います」

「野上君の？」

「ハイ」

「尚人が具合が悪くなったことと、何か関係があるのかな」

「直接的には、ないと思うんですけど……」

それでも、いつも快活な中野の口調はいやに歯切れが悪い。

「お兄さん、こっちです」

二人は、ヒステリックな声とそれを宥《なだ》める声が不協和音のごとく谺《こだま》している職員室を通り過ぎ、そのまま保健室へと歩いていった。

保健室のドアが小さくノックされると。山下は、ハッと顔を上げた。

静かに、ゆっくりとドアが開かれて雅紀と中野が入ってくると。山下は椅子《いす》から立ち上がって、雅紀に頭を下げた。

——が。顔色は優れない。

(なんか……いつもの山下君と違うな)

雅紀がそう感じるほど、山下の顔は強張《こわば》っていた。

雅紀の知っている『山下広夢《ひろむ》』は茶目っ気のある柴犬《しばいぬ》だったのだが、今、目の前にいる山下はまるで別人のように青い顔をしていた。

その山下以上に、ベッドに寝かされている尚人の顔色は悪い。

雅紀は尚人の額に張りついた髪を梳《す》き上げて、やんわり撫《な》でる。それでも、尚人は目を覚まさなかった。

——が。心配していたほどの呼吸の乱れはなかった。

(薬……きいてるな。よかった。やっぱり、立花先生にナオの発作のことを話しておいて正解だったな)

雅紀はとりあえず、ホッとする。

尚人がときおり、何かの拍子にパニクって発作を起こすことを、学年主任の立花には打ち明けてあった。そのときの対処法と病院からもらった薬も渡しておいた。滅多にあることではないが、何かあったときに迅速に対応できるように。雅紀としては、あくまで保険のつもりだったのだが……。

「それで?　何がどうなってるのか……聞かせてもらえるかな?」

尚人にとって『学校』は日々のストレスを感じさせない、むしろ、劣悪な家庭環境からの一種の『避難所』であった。雅紀はそれを知っている。

だから、今まで、学校で発作を起こしたことなど一度もなかった。

なのに、その『避難所』でこういう事が起きたということは、よほどの強いストレスを感じる何らかの事情があるはずだった。

それは、もちろん、立花から説明はあるだろうが。どうやら、その事情に一枚嚙《か》んでいるらしい山下に聞いた方が早いような気がしたのだった。

すると。山下はコクリと一息呑《の》んで、硬い声を吐き出した。

「課外が終わったあと、学習室で……桜坂が、刺されたんです」

「——え？」

それがあまりにも思いがけないというより、あの強面《こわもて》する桜坂が、白昼、しかも学校で誰かに刺されるということが想像できなくて、雅紀は愕然《がくぜん》とした。

「どういう事情があってそういうことになったのかは……わからないんですけど」

「桜坂、今、病院なんです。出血がひどかったらしくて……。だから、俺たちも、何がなんだか……まるっきり訳がわからないんです」

山下の言葉を補足するように中野が口を挟《はさ》む。いつもとはまるで逆パターンであった。

「俺と篠宮、桜坂を探しに本館の学習室まで行くとこだったんです。そしたら……」

人集りの真ん中で、桜坂が呻《うめ》いていた。

右の肩口から右肘《みぎひじ》まで、夏服の白シャツが鮮血でベッタリと染まって……。その色があまりに生々しくて、いや……毒々しくて。山下は、一瞬――立ち竦《すく》んでしまった。

桜坂の向こうには、顔面が血だらけになった野上がぐったりとノビていた。野上の右手には、血のこびりついたハサミが握られたままで。

現実の中の非日常。

目の前の光景が、なんだか……タチの悪いブラック・ジョークのような気がして。山下は声もなく、固まってしまった。

「で……篠宮、それ見て、真っ青になって……」

いや。青いというより、白いといった方がよかった。

血の気がザーッと一気に引いてしまったような顔つきが……めいっぱい見開かれた双眸《そうぼう》が、何か尋常ではなくて。蒼ざめた唇がヒクヒク引きつったかと思うと、膝《ひざ》からグラグラとくずおれてしまったのだ。

山下はもう、何がなんだかわからずに動転してしまって……。

「あの――お兄さん。篠宮、何か……持病みたいなもの、あるんですか？」

「どうして？」

「……俺、篠宮があんな……蒼ざめた顔で失神するとこなんて、初めて見たんで。血だらけの桜坂を見てビビッたのは俺も同じなんですけど、篠宮は、その……なんていうか、いきなりスイッチが切れちまったみたいで……」

スイッチが切れただけではない。すごく苦しそうに身体を震わせて……。山下はただ為《な》す術《すべ》もなく、尚人を抱きしめて名前を呼ぶことしかできなくて。

山下の腕には、苦しげに呻いて食い込む尚人の指の跡がくっきりと残っている。

その痕跡《こんせき》が、尚人の受けたショックの大きさを物語っているようで……。

血相を変えた立花がやってきて尚人の歯列を割って薬を含ませ、口移しで水を飲ませて嚥下《えんげ》させる間、冗談でなく、山下は生きた心地がしなかった。

尚人の身体の震えが止まって呼吸が浅いながらも普通に戻ったときには、ホッとして泣けてきそうになったほどだ。

「持病っていうか……。まぁ、君たちも知ってるだろうけど、ウチはいろいろあって、そういうのがトラウマになってるから」

「トラウマ……ですか？」

「そう。普通、朝起きたら母親がベッドで死んでるなんてこと、ないだろ？」

なにげない口調で、さらりと凄《すご》いことを言われたような気がして。中野も山下も、思わず言葉を呑む。

(グデングデンに酔っぱらった実の兄貴に強姦《ごうかん》される——なんてこともな)

「それで、こないだはあんな事件に巻き込まれて、すごく怖い思いをしたから……。だから、何かショッキングなことがあるとストレスがかかって、そういうのがみんなフラッシュバックしてパニクるっていうか……。普段は、滅多にこんなふうにはならないんだけどね」

話が思っていた以上にヘビーだったのか、二人とも、心なしか顔が青くなっている。

（そうか……。桜坂君、刺されたのか。ナオにしてみれば、そりゃあ、すごいショックだよなぁ）

「それで、桜坂君刺したのって──誰？」

「野上、です」

雅紀は、半ば絶句する。

「それ……ナオ、見たわけ？」

「……はい。刺されたとこを実際に見たわけじゃなくて、そのあと──ですけど」

「どっちにしろ──最悪、だな」

「最悪……です」

「俺たちも、すげーショックです」

中野も山下も、学内でそういうことが起こったこともショックだが。その被害者と加害者が桜坂と野上だということに、更に衝撃を受けた。

いったい。

──どうして。

何が。

――間違ってしまったのか。

それを思うと、ただ唇を噛みしめることしかできなかった。


その後。

雅紀は立花から事後報告を受けた。

いまだざわついている職員室に直接顔を出したわけではなく、保健室にやってきた立花に促されるままミーティング・ルームで話を聞いたのだ。

今回のことに関しては、尚人は当事者ではないので。なにやら殺気立っている職員室で話をするよりはミーティング・ルームの方がいいだろうという立花の配慮だった。

それで、わかったことといえば。結局、山下に聞いた話と大差はなかった。

桜坂は肩を負傷し、野上は脳震盪《のうしんとう》を起こしているらしいので、どちらとも今は病院だという。事件の詳細については、双方の話を聞いてから――になるらしい。

とりあえず、雅紀は立花に礼を言い、尚人を家に連れて帰ることにした。

もちろん、その前に、裕太に一報を入れることは忘れなかったが。

《＊＊＊琴線《シンパシー》＊＊＊》

翔南高校で事件があった翌日。

今日から八月二十日に始まる後期課外授業までの二週間は、何の制約もない自由な夏休みを満喫できる二週間でもある。

本来ならば心弾む二週間の幕開けであるはずなのに、尚人の気持ちは晴れない。

血だらけで呻く桜坂の姿が目に焼きついて離れないのだ。

白シャツにベッタリ染まった血の色が――心に痛い。

桜坂の怪我《けが》の具合はどうなのか、心配でならない。

桜坂の家に電話をしてみようかとも思ったが、雅紀に止められた。もう少し落ち着くまで待て、と。

(ホントなら、桜坂、今日から空手の合宿だったんだよな)

それを思うと、気が滅入《めい》る。

自分がヤキモキしてもしょうがないと思っていても、落ち着かない。それは、昨晩、家に電話をかけてきた山下も同じだと知り、二人ともが受話器を握りしめたままため息の嵐であった。

先ほど、昼前には中野からも電話があった。尚人の様子をずいぶん心配していて、それに、やはり桜坂のことが気になるのか、いつもの歯切れのいい中野節も出なかった。

とにかく、詳細がわからなければどうしようもない。

衝撃的な事件のことを思えば、今日から学校が休校になり、その激震を和らげてショックを癒《いや》すにはちょうどよかったのかもしれないが。逆に、何の情報も入らないのもよし悪しのような気がする尚人だった。

とりあえず、何かをやっていれば気が紛れるかもしれないと、夏休みの課題テキストに取りかかる。その集中力も、いつもの半分しか保《も》たなかったが。

(んー……ダメだ。スーパーに買い物にでも行ってこようかな)

それを思って、自転車は昨日、翔南高校に置いたまま雅紀の車で帰ってきたことを思い出す。

どうにも、タイミングが悪い。

——と、そのとき。

電話が鳴った。

ディスプレーには見知った番号が表示される。それが誰の携帯《ナンバー》であるのか知って、

(…ッ!　桜坂だ)

尚人の鼓動は一気に逸《はや》った。

「もしもしッ？　桜坂ッ？」

受話器を耳に当てざま、口早に問いかける。

──が。返ってきたのは、

『…………』

沈黙だった。

「あ…れ？　もしもし？」

思わず眉間に皺を寄せて、尚人はトーンを落とす。

『──俺、だけど』

心持ち掠《かす》れたような、低い声。

尚人はギュッと受話器を握りしめる。受話器を通して聞こえてくる息遣いのわずかなブレも
聞き逃すまいと。

「桜坂？」

『……そう』

その一言に、深々とため息がこぼれた。

「何だよ。タイミング外すから、誰か別の人かと思ったじゃない」

『──悪い。いきなり耳元でスゲー声したから、ビックリして携帯落としそうになった』

「ゴメン……」

『や……別に……いいんだけど』

「――元気？　なわけないよね……あんなに血がいっぱい出てたのに。ゴメン……。俺、何言ってンだろ。あの……具合、どう？」

ホッと安心して、気持ちが和らぐ。なのに、なぜか、心臓がキューッと引き絞られるように痛んだ。

『――おまえこそ、どうなんだ？』

「え……？」

『おまえ、ぶっ倒れたって……立花先生が』

「あ……ウン。俺は、大丈夫。桜坂の血ぃ見て、貧血起こしちゃって……。なんか、かっこ悪いよね」

『――悪かった。心配かけて……』

ぼそりと漏《も》らす声がいつもより嗄《しわが》れている。

「具合……どうなの？」

つい、尚人のトーンも揺らいだ。

『……ン。まぁ、肩からザックリ、抉《えぐ》られただけ』

（だけって……。あんな、血がいっぱい出てたのに……）

『見かけほど、ひどくない』

(……ウソ)

だが。口を突いて出たのは、まるっきり逆の言葉だった。

「——ホントに?」

『あー……。おまえと違って、日頃から鍛えてるからな』

「ミエ……張ってない? いいよ? 泣いても。俺、笑わないから」

『張ってねーし、泣いてもねーよ』

「ホントに——大丈夫なんだね?」

『大丈夫。合宿には行き損なったけどな。あとは、気力と根性で治《なお》す』

「……ウン。中野と山下……心配してたよ?」

『あとからメール入れとく』

「メールじゃなくて、声聞かせてやれば? その方が喜ぶと思うよ?」

『や……電話だと、ソッコー厭味《いやみ》言われそうな気がして……』

山下はともかく。中野だったら、やりかねないかも……。

ホッと一安心して、その分、電話口でビシバシ張り倒すかもしれない。

それは、それとして。尚人は、どうしても聞いておきたいことがあった。

「桜坂……聞いていい?」

『野上が俺を刺したわけ?』

「——違う。桜坂が何をしに学習室に行ったか、だよ」

『だから、それは、つまり……』

「ねぇ、桜坂。俺は、野上が桜坂を刺した気持ちを知りたいんじゃない。俺が知りたいのは、桜坂が刺された理由でもない。野上のやったことじゃなくて、俺は桜坂の気持ちが聞きたいんだよ」

桜坂がいったい何を、どう考えていたのか。尚人が知りたいのは、それだけだ。

野上がやったことは明白で、その現実は動かない。

聞きたいのは桜坂の気持ちであって、野上の気持ちではない。

もっとはっきり言えば。尚人は、野上の言い訳など聞きたくはなかった。

『俺は——篠宮、あいつがいつまでもズルズルとおまえに依存するのが、どうしても許せなかったんだ。甘ったれて、いつまでたっても自分の足で歩こうとしない野上が……ムカついて……どうしようもないほど腹が立って……我慢できなかったんだ』

「桜坂……」

『……スマン。悪かった』

謝罪の言葉を口にする桜坂の声には、紛れもない悔恨が滲《にじ》んでいた。

いつもの、ふてぶてしいほどに自信たっぷりな桜坂ではない。

『俺が勝手に粋《いき》がって……先走って、それで、おまえまで傷つけて……スマン。俺は……おまえにどうやって謝ろうかと、昨日、そればっかり、ずっと考えてて……』

低く嗄れたその口調は、痛々しいほどに重かった。

自分が怪我をしたことよりも、その痛みよりも、尚人を気遣う気持ちの方がずっと……ずっと重要なのだと。それがヒシヒシと身に沁《し》みて、尚人は束の間——唇を嚙んだ。

「桜坂は、俺がつけられないケジメをつけてくれようとしたんだよね？」

『——篠宮』

「俺は……正直、野上が重くてさ。でも、手を放したくても、すがってこられると、なんか……切れなくて。裕太にも雅紀兄さんにも、さんざん言われてたんだけど……。野上が、自分で気がついてくれないかなぁ……って、都合のいいこと考えてたんだよね」

それを、つい、桜坂に愚痴ったのだ。

だから、桜坂は……。

「ゴメンね、桜坂。俺がグダグダしてたから……」

『違うッ。俺がッ……』

「ウン。だから……ありがとう」

一瞬。桜坂が黙り込む。

その沈黙は、桜坂にとってはずっしりと重いモノだったかもしれない。

けれど。尚人は……違う。ジンと、下腹が痺《しび》れるような鈍さはあったが。桜坂が流した血の色ほどには、ぜんぜん――まったく痛くはなかった。

だから。尚人は、素直に『ありがとう』が言えた。そして『ゴメン』も。

「怪我……。気力と根性で、早く治してね。後期の課外授業で、待ってるから。俺も、中野も山下も……みんな待ってるから」

するとし。受話器の向こうで、桜坂が小さく笑う声がした。

『おぅ。待ってろ。素早く復活してみせるから』

それは、真摯《しんし》な桜坂の決意だったに違いない。

「……ウン。じゃあ、ね。ちゃんと、休んでね？」

『また、な』

電話の切れる音がする。

それを確認して、尚人はゆっくりと受話器を置いた。

（そう……。桜坂に怪我させる前に、俺がちゃんとやらなきゃならなかったんだよ）

それを思い、尚人は静かに息を吐いた。

《＊＊＊疵痕《スティグマ》＊＊＊》

真夏の午後は、肌をキリキリと刺すように照りつける太陽を讃美《さんび》するような蟬時雨《せみしぐれ》だった。

桜坂と電話で話した二日後。

尚人は、見舞いの花束を持って野上が入院している病室を訪れた。

野上は、鼻骨を骨折していたのだ。

桜坂の肩にハサミを突き刺して引き裂いたとき、桜坂の反撃の肘撃ちを喰らって、それがもろに鼻に入ったらしい。

もしも、それが、桜坂の渾身《こんしん》の一撃であったら、鼻骨どころか顔面陥没だったかもしれないが。さすがの桜坂もまったくの不意打ちを喰らった衝撃に、野上を振り切るのが精一杯で、幸か不幸か、いつもの半分以下の力しか出せなかったらしい。

武道の有段者は喧嘩《けんか》をして相手に怪我をさせたときには免責がきかない――と聞いたような気もする。

今回の場合、相手が凶器を持ち出して背後から襲いかかっている以上、誰がどう見ても正当防衛だと思うのだが。野上の母親は、桜坂を告訴すると息巻いているらしい。

常識的に考えて、それは立場が逆のバカギレだろうと周囲の誰もが思っているのに、野上の母親の鼻息は荒い。

ハサミはあくまで不可抗力であって、それよりも、学習室までやってきて、野上を逆上させるようなことをした桜坂の方が悪い。そういう持論らしい。

どうやら母親は、野上が言った、

「桜坂先輩は僕と篠宮先輩が仲良くしているのに嫉妬《しっと》して、恫喝《どうかつ》した」

それを頭から信じ込んでいるらしい。

野上は、

「僕と篠宮先輩を引き裂こうとしている」

――とも、言ったらしい。

しかし。尚人を呼びに行って、代わりに番犬《桜坂》を連れてくる羽目になってしまったクラスメート二人が恐る恐る、学習室のドアの外でこっそり盗み聞いていたところによれば。話は、まったく違ってくるのだが。野上の母親の耳は、我が子の言葉しか聞こえない――ようだ。

いや……。

問題なのは。野上本人が、そうだと思い込んでいることなのかもしれない。

野上によれば。尚人は、

った。

「僕の一番の理解者」

……であり、

「理不尽な暴力の『痛み』と『疵《きず》』を共有できる仲間」

――らしい。

だから。尚人が花束を持って病室を訪ねたとき、野上も母親も、双手《もろて》を挙げて歓迎モードだった。

「やっぱり、篠宮先輩は、僕のことを一番に考えてくれるんだよね」

満面の笑顔だった。自分が理不尽に傷つけられて、あれほどの精神的苦痛を味わったはずなのに、どうして、こんなふうに笑えるのか……尚人にはわからない。

もしかして、自分のやったことの重大性を認識できていないのではないか？

ふと、そんなふうにも思えて。なおさら、尚人にはショックだった。

「違うよ、野上君。俺は、自分のケジメをつけに来ただけだから」

「……え？」

その笑顔が、

「始めたのが俺なんだから、幕を引くのも俺じゃないと」

一瞬、途切れ。

「桜坂にだけ押しつけたんじゃあ、申し訳ないから。だから、俺の口からきちんと言っておこうと思って」

　——くもった。

　尚人が、いったい何を言いたいのか……わからない。そんな顔つきだった。

　そんな野上の視線を真っ向から受け止めて、尚人はわずかに下腹に力を込める。

「俺は俺のやれることは全部やれたと思ってるから、ボランティアはもう、お終《しま》い」

「——え？」

　酷《ひど》いことを言っている。その自覚は、充分、尚人にもあった。

「桜坂は、俺が言いたかったことを代わりに言ってくれただけ。それを忘れないで、野上君。君が何を勘違いしてるのか知らないけど、俺は、いつまでも君と傷を舐《な》め合うつもりはないから。だから、君は要らない」

　野上の双眸が、大きく見開かれている。

「それが言いたくて、来たんだよ。俺はもう、君のお守りをするつもりはないから」

　いまだジクジクと疼《うず》いているだろう傷口に、指を突っ込んで掻《か》きむしる。

　新たな血が滴《したた》るだろう。

　傷口は爛《ただ》れて、更に膿《う》むかもしれない。

　それでも。

「君は、自分が何をしたのか……ちゃんとわかってる？　俺はすごくショックだよ。こんなことになって……」

野上が無理やり耳を塞《ふさ》いでしまう前に、見たくもない現実からその目を逸《そ》らしてしまう前に、尚人がその痛みを抉って上書きしなければならない。

野上のために？

——いや。

桜坂のために。

ねじ曲がってしまった筋道を、正すために。そんな綺麗《きれい》事を口にするつもりはないが。起こってしまったことを無かったことにできないのなら、そのきっかけを作ってしまった分の痛みは自分が負って当然だと尚人は思った。

「桜坂が怪我をしたことが、自分のことのように痛いよ。俺にとっては桜坂は、大事な友達だから」

肩から肘へ、肉を抉られた痛みはやがて薄れるかもしれない。

だが、その傷跡は残る。目に見える証《あかし》として。それは、ちょうど、尚人が受けた疵《トラウマ》とは逆の形で。

「でも……だけど、篠宮君は、光矢《こうや》にとっても大事なお友達よ？」

わずかに蒼ざめた唇を引きつらせる野上の代わりに、母親が乾いた声でそれを言う。

それを無視して、尚人は、

「一人で立てない奴は置いて行かれるだけだけど、やってしまったことの責任は誰も肩代わりしてくれない。そのことをよく考えてね、野上君。じゃあ。頑張って」

あとも振り返らず病室を出る。

すると。野上の母親が追いすがってきて、

「ちょっとッ。ちょっと……待ってちょうだい、篠宮君ッ」

尚人の腕を鷲摑《わしづか》みにした。

それで尚人の足が止まると。ここで放してなるものか……とばかりに更に両手でぎっちり握りしめ、

「ここで、光矢を突き放すの？　嘘《うそ》でしょう？　光矢は、あなただけが頼りなのよ？」

必死で掻き口説く。

「だから、ね？　お願い。もう一度、考え直してちょうだいッ」

我が子のことしか見えてない——いや、自分たちのことしか考えてない母親の身勝手さがどうにも鼻につく。

「そうやって他人を頼ってる限り、野上君は一歩も歩けないですよ？　それで、ホントにいいんですか？」

野上に投げつけた言葉以上の真摯な響きは——ない。わずかにひそめた眉間の陰りが、それを如実に物語っていた。

「桜坂は、それを野上君に言いたかっただけです」

それが伝わらなくてあんなことになってしまったのは、尚人がいつまでも迷っていたから……だが。その責任の半分は、野上の母親にもあるのではないか。

つい、そんなふうに思ってしまいそうになって、尚人は唇を嚙む。

「だから、俺の口からも、きちんと言うべきだと思いました。あとは、お母さんがちゃんと野上君と向き合うしかないんじゃないですか?」

野上の母親は、顔を強張らせたまま立ち竦む。

その手をふりほどいて、尚人は一礼をすると、再び歩き出した。


病院の正面玄関。

尚人が自動ドアを潜《くぐ》って出て来ると。その前に、すっと、車が横付けされた。

助手席のドアを開けて、尚人が乗り込む。

「ちゃんと、終わらせてきたか?」

雅紀の言葉に、尚人は小さく頷《うなず》く。

「たぶん……。言いたいことは、ちゃんと言ってきたから……」

言いたいことだけではなく、野上の顔を見ていたら、なんだか……思ってもみない言葉まで口をついてしまった。

それがよかったのか、悪かったのか。今更、気に病んでもしょうがない。そのどちらであれ、口から出た言葉はすべて尚人の本音には違いないのだから。

「そうか。なら、いい」

「……雅紀兄さん」

「なんだ?」

「人に優しくって……難しいね」

「別に、優しくなくてもいいんじゃないか?」

「……え?」

「何をどう感じるかは、そいつ次第だ。だったら、とりあえず自分に嘘をつかなけりゃ、それでいいんじゃないか? たとえ、それで誰かが傷ついたとしてもな」

雅紀はそう言うと、緩やかに車を発進させた。

§§§§　§§§§§　§§§§§　§§§§§

そのとき。

沙也加《さやか》は。

病院の正面玄関にある柱の陰から、尚人と雅紀を乗せた車が走り去るのを身じろぎもせず凝視していた。

高校時代の友人が交通事故で入院したとの連絡を受け、沙也加はその見舞いのために別の友人とロビーで待ち合わせをしていたのだ。

そのロビーで、花束を抱えた尚人を見つけたとき。沙也加は、一瞬、心臓が止まりそうになった。

こんなところで偶然に出会ってしまった驚きと、衝撃。

ビックリして。

ドッキリして。

愕然と息を呑んだ。

鼓動がドクドクと一気に逸って、ただ無性に喉《のど》が灼《や》けた。

ほぼ五年ぶりの再会だった。

別れたとき、尚人はまだ幼さの残る中学一年生だったが。沙也加には、それがすぐに尚人だとわかった。身長はそれなりに伸びてはいたものの、顔つきは当時の面影が色濃く残っていたからだ。

五年という歳月を感じさせないほど強く……。

沙也加の胸の奥底にある痼《しこ》りを、チリチリと刺激せずにはおかない驚愕《きょうがく》でもって。

そうして。沙也加は今更のように知った。どんなに時間が流れても、過去は決して想い出になどならないということを。

ブルージーンズにザックリとしたオフホワイトのサマーニット。ごく普通の……というにはおとなしすぎる嫌いのある恰好《かっこう》の尚人がパステルカラーの花束を抱えて歩いている様は、なぜか、ある種の清涼感さえ感じさせてひどく目立った。

異質感ではない悪目立ち……とでも言えばいいのか。すんなり視界の中に入ってきて、目が離せなくなる。そんな感じだった。

この間の——沙也加にとってはもはや過去の汚点でしかない父親が引き起こした空き巣事件のあと、裕太を加門《かもん》の家に引き取ることを雅紀に直談判するつもりで篠宮の家に出かけていった祖父母が、ガックリ肩を落として帰ってきたとき。沙也加は、これはもう、自分が直に裕太と話をする以外にないと思い、篠宮の家に電話をかけた。

そのとき、電話に出た尚人とほんの束の間話をしただけだったが。

『沙也姉？』

沙也加が家を出て行ってしまうまでは声変わりもしていなかった尚人の呼びかけは、見知らぬ少年のモノだった。それでも、

『……元気？』

恋い焦がれてやまない雅紀の硬質で怜悧《れいり》な声音とは違うトーンはしっとりと落ち着きのある柔らかさで、不思議と耳に心地よかった。

だから、沙也加は、その声のイメージからもっと大人っぽい弟の姿を思い描いていた。超多忙な雅紀の留守を預かる篠宮家のハウスキーパーは、それなりに『大人』であるに違いないと。

だが——違った。

視界の中の尚人は、まるで変わっていなかった。ある意味、沙也加が想像もしていなかったほどに繊細だった。

少女のように、でもなく。中性的でもなく。ちゃんとした少年にしか見えないが、醸し出す雰囲気が柔らかなのだ。

華奢《きゃしゃ》ではないが、ずいぶん細い。それは、多少、例の暴行事件の影響もあるのかもしれない。それでも。その年頃の、謂《い》わば、成長ホルモン垂れ流しのギラギラ感が充満した男子高校生とは一線を画すような独特の雰囲気があった。

ふと、

『雅紀にーちゃんがナオちゃんにバイトなんかさせるはずないだろ。ナオちゃん、箱入り息子なんだから』

受話器の向こうで厭味たっぷりに揶揄《やゆ》る裕太の声が、思い出された。

そう。箱入り息子……。

言い得て妙である。薄汚い世間の手垢《てあか》など、まだどこにも付いていないような雰囲気が尚人にはあった。

それを思って、思わず苦笑が込み上げてきた。世間の手垢どころか、自分たちは世の中の辛酸《しんさん》を舐め尽くし、世間の泥水をおもいっきり被って生きてきたのだ。

なのに。

視界の中の尚人は、そんな穢《けが》れなど何も——どこにも感じさせない。それどころか、花束を抱えた尚人からはノーブルなストイックささえ匂《にお》ってきそうで……。

沙也加には、どうにもそれが不思議——いや、癇《かん》に障ってしょうがなかった。

なぜ。

——どうして。

————あんなにも。

尚人は『無垢《むく》』でいられるのか。

素朴で。

不可思議で。

そのくせ、ひどく鮮明な——疑問。

ねっとりと重く。

胸の奥底がざわついて。

——疼きしぶる。

どんよりとした何かが……喉元に込み上げてくる。

その感情が何であるのか。沙也加は知っている。

嫉妬——だ。

その根源にあるものを思い浮かべて、

(……お兄ちゃん)

沙也加は、しんなりと眉《まゆ》をひそめる。

たぶん。

……きっと。

雅紀にたっぷり愛されているから、尚人は、あんなにも清純でいられるのだ。

あの日、テレビの中で暴行犯を糾弾《きゅうだん》する雅紀の怜悧な眼差しが思い出されて、沙也加は、
小さく唇を噛んだ。

愛される者。

——弾《はじ》かれる者。

与えられるモノ。

——奪い取られるモノ。

その差は明確すぎて泣けてくるほどであった。

尚人は入院案内のカウンターで何事かを確認して、病棟エレベーターの方へと消えていった。

だから。きっと、沙也加の友人と同じように、尚人の知り合いの誰かがここに入院しているのだろう。

そして。それから十分もしないうちに、尚人はまたロビーに現れた。心なしか、表情を曇らせて。

そのまま、ゆったりとした足取りで玄関を出て行く。

沙也加は、その後をこっそりと追った。何かに突き動かされるように。居ても立ってもいられない、衝動のようなものを感じて。

すると。程なくして、尚人の前に乗用車がすっと横付けされた。

沙也加は、思わず息を詰める。運転席に座った、サングラスの男。それが、紛れもない雅紀だと知って。

（お兄ちゃん……）

雅紀と尚人を乗せた車が沙也加の視界の中から完全に消え去っても、沙也加はまだ動けなかった。まるで、手も足も、頭の芯《しん》までどんよりと痺れてしまったかのように……。

《＊＊＊エピローグ＊＊＊》

病院から帰る車の中、尚人はずっと黙り込んでいた。

それは、家に帰り着いてからも変わらず。雅紀が車をガレージに入れてリビングに戻ってくると、すでに尚人は自室に引きこもっていた。

珍しい。

いや……。雅紀を一人残してさっさと部屋にこもってしまうなど、尚人にすれば滅多にない珍事であった。

(けっこう、メゲてるなぁ……)

それも、まぁ、仕方のないことなのかもしれない。

最初は、手紙。

次は、電話。

そして。野上の欲求は昼休みのランチタイムにまで肥大した。

初めはほんのささやかな『願い』であっても、欲求がひとつ満たされれば、それは次なる

た。

　それを危惧《きぐ》していたのは雅紀であり、裕太であり、桜坂を筆頭にした尚人の友人たちであった。

『欲』を生む。

『なんか……ヤな雰囲気なんです。みんなして、野上のことは聖域扱いで』

　学校での——つまりは野上関係の、だが。それは、雅紀が聞けば、尚人は何でも素直に答えたが。それはあくまで尚人の主観であったので、雅紀は学校の様子を客観視できる第三者の意見も聞いてみたくて。尚人には内緒で桜坂に電話をかけてみたことがあった。そのときの第一声が、それだったのだ。

『復学してきたのはいいけど、さすがに二ヶ月のツケは重かったんでしょうね。予想外の大誤算っていうか……野上にしてみれば、そこまで頭が回らなかったのかもしれないですけど』

　翔南高校ほどの進学校であれば当然予想できたことも、本人だけが認識不足だった。それを、自業自得の怠慢——だと決めつけるには件《くだん》の暴行事件はあまりにもセンセーショナルだったということなのだろう。

『それで、トラウマを克服しようと頑張ってる野上をみんなで守《も》り立てていこうっていうか、これ以上のストレスを与えちゃマズイ——みたいな。俺らに言わせれば、なんで野上一人のために篠宮がそこまでしてやらなきゃならないのか……ムカつくのを通り越して苛々《いらいら》します』

　だから。尚人としては、野上の手を放すタイミングを計りかねていたのだろう。

その結果、桜坂が野上に刺されてしまった。

雅紀に言わせれば。それはあくまで結果論であり、不測の事態でしかない。

けれども。尚人の中では、

【自分が手を放すことを迷ってケジメをつけられなかった】

【尚人の代わりに桜坂が直談判に行き】

【逆上した野上が桜坂を刺した】

それは三段論法のこじつけなどではなく、揺るがない事実であり現実なのだった。

（このままじゃ、さすがにマズイよな）

極論を言えば。尚人にとって、自分が傷つくことは大して気にもならないのだ。

怖いのは。

耐えられないのは。

自分が原因で、何の関係もない桜坂が実害を被ったということなのだ。

更に、まずいのは。桜坂が刺された直後の惨状を見てしまって、その痛みに共振してしまっていることだ。

まるで、その傷を付けたのが自分であるかのように錯覚してしまっていることだ。

桜坂が刺された原因は自分にあると、尚人は思い込んでいる。なまじ、それが、何の根拠もない確信ではないからよけいに始末が悪い。

（……どうする？）

リビングのソファーで煙草《たばこ》を吸いながら、雅紀は逡《しゅんじゅん》巡する。

（こんなケタクソ悪いことで罪悪感なんかもたれちゃ、マジでヤバイよな）

この事件が原因で野上が人生をドロップ・アウトしようが、再び引きこもりで生き腐れようが、雅紀的には何の興味も関心もなかった。

どうせなら、このまま尚人の視界の中から永久に消えてなくなってくれた方が後腐れがなくなって、いっそスッキリするくらいだった。

だが。

桜坂は、違う。今では、尚人の親友の座にどっかり納まってしまった感のある桜坂を排除することは、さすがの雅紀にもできない。

桜坂にしろ、中野にしろ、山下にしろ。翔南高校の『番犬』トリオは、尚人にとっては得難い友人になるはずだ。

尚人にとって必要不可欠の家族は雅紀と裕太だけだが、肉親とは別の友人は必要だ。それは、雅紀が一番よくわかっている。

だから。度外れた執着心の塊である雅紀にしても、その『息抜き』まで尚人から奪い取る気はない。

（心の傷は、深みに嵌《はま》らないうちに何かで上書きするのが一番ってことだよな）

それができるのは、自分だけだという自負が雅紀にはある。

(ンじゃ、まぁ。行ってみるか)

煙草を灰皿で揉《も》み消して。雅紀は、ゆっくりと立ち上がった。

そのまま歩いて、一階突き当たりの部屋のドアを軽くノックする。

返事は、ない。

構うことなく、雅紀はドアを開けて中に入る。

尚人は、ベッドの上でくったりと丸くなっていた。

(ガキの頃と、まるっきり変わってねーな)

雅紀は片頬《かたほお》でうっすらと笑う。

普段聞き分けがよくて何の手もかからないように思われている尚人が存外の寂しがり屋で、けっこう意固地であることを雅紀は知っている。

父親が愛人を作って家を出て行ってしまうまでは、何かあると、こうやって雅紀のベッドに潜り込んで丸くなっていた。それで、雅紀が、

『ナオ、どうした？』

頭を撫でながらそう聞いてくるのを、じっと待っているのだ。

それで、頭を撫でてやるとギュッとしがみついてくる。そんな様が子犬のように可愛《かわい》くて、当時の雅紀はペットが欲しいと思ったことは一度もなかった。

名前を呼べばいつでもはにかむように全身で懐いてくる五歳下の弟が、雅紀の大のお気に入りだったからだ。

だが——今は。頭を撫でてやるよりも抱きしめてやりたいと、雅紀は真摯に思う。雅紀にとって、尚人は自分を映す鏡でもあったからだ。

抱きしめて、抱き返す。

そこには、確かな温もりがあった。

満たして。

……癒される。

愛して。

——愛される。

その意味を、雅紀は誰よりもよく知っている。

だから、雅紀は、無言でベッドに上がると背中越しにゆったりと尚人を抱きしめた。

ほんの一瞬、尚人の身体が震える。

その震えごときつく抱きしめると、尚人は、ゆるゆると身体の強張りをといた。

「何を落ち込んでるんだ？　ナオ」

答えは……ない。

それでも。尚人の考えていることは丸わかりだった。

「ちゃんと、ケジメはつけてきただろ?」

だから。雅紀は、尚人の一番欲しい言葉を言ってやる。

「えらかったぞ。逃げなかったもんな」

背中越しの尚人の鼓動が、ほんのわずか逸る。

「本音でモノを言って誰かを傷つけるのはキツイし、辛《つら》いし、痛い。それでも、ナオは逃げなかった。えらいぞ」

手触りのいい髪を撫でて梳き上げ、その首筋に、ひとつキスを落とす。

「……でも、まーちゃん……。桜坂の傷——残っちゃうよ」

ポソリ、ポソリ……と。尚人が呟《つぶや》く。

「桜坂君の傷は桜坂君のものだからな。おまえがそこまで責任を感じる必要はない」

「——だ…けど……」

「おまえがそんなふうに思ってると、桜坂君がよけいに傷つく」

ヒクリと、尚人が息を呑み込む。

「今度のことで、桜坂君は、よけいなことをしておまえに迷惑をかけたと思ってるんじゃないのか?」

その瞬間。尚人の鼓動が一気に逸った。

(だから、モロバレだって。桜坂君のあの性格じゃあ、そんなふうに思わないのがおかしいっ

て）

　どちらかといえば、野上に抉られた肩口の傷より、そっちの方が痛すぎるのではないかと雅紀は思う。

「だったら、おまえは下手《へた》に同情なんかするんじゃない。桜坂君はちゃんと心の土台はできてるから、大丈夫」

「まー…ちゃん……」

「——大丈夫」

　言いながら、雅紀は何度もキスを落とす。髪に、首筋に、耳朶《みみたぶ》に……。逸った尚人の鼓動の響きがゆったりと、静かに、落ち着きを取り戻すまで。

　——と。

　ゴソゴソと、不意に尚人が身じろいで。雅紀が抱きしめた腕をやんわりほどくと、尚人は自分から雅紀の胸の中に顔を埋めてきた。

「まーちゃん……ありがと……」

　わずかにくぐもった声でボソリと漏らし、尚人は雅紀の胸に顔をこすりつける。

　いつも我慢することしか知らなかった尚人の、それが尚人なりの甘え方なのだと知って。雅紀は、もう一度きつく抱きしめた。

（ホント……可愛いよ、おまえは）

だから、もっと寄りかかっていい。

甘えて、いい。

腕も。

……胸も。

愛も。

……囁きも。

自分の持っているモノすべてで、尚人を満たしてやりたい。

抑えきれない情欲《じょうよく》で穢すのが怖くて、優しくしてもやれなかった日々の分だけ。いっぱい泣かせて、傷つけた時間の分だけ。

これからは、もっと。

ずっと……。

甘えていい。

(いっぱい、甘やかしてやる。好きなだけ、抱きしめてやる。だから、ナオ……おまえはもっと俺にしがみついてこい)

それを思って。雅紀は、強く、きつく、思いの丈を込めて尚人を抱きしめた。

あとがき

こんにちは。前回の『愛情鎖縛《さばく》』からほぼ四年ぶりのキャラ文庫で、あら、まぁ、ビックリ……の吉原《よしはら》です（笑）。『Ｃｈａｒａ《キャラ》』本誌のコミックス原作をやっているせいか担当さんとは毎月のように話をしているので、自分的にはそんなに間が開いたような気はしていなかったのですが、ホントにお久し振りだったんですねぇ。

そういうわけで。ちょっとドキドキの、二重螺旋《らせん》③『攣哀感情《れんあい》』でございます。

今更このシリーズに甘々など誰も期待してはいないでしょうが、三作目に入ってもラブラブは遠いです。なにせ、タイトルからして「哀しみが攣《ひきつ》る」ですし（苦笑）。

誰かが誰かのために善かれと思うことが、期せずしてほかの誰かを傷つけてしまう。『優しさ』の本質って、いったい何なんだろうな……ということで。

でも、今回は皆それぞれ、それなりに変わりはじめているのが見えてきましたし。それが世間様の『常識』とも『幸福』とも違っているかもしれませんが、今在る日常の変革を求めなければ前には進めないですから。結果よりもプロセス、やはり、それが大切なのではなかろうかと思うわけです。

さて。シリーズ三作目のあとのお楽しみは、ドラマＣＤ第三弾——でございます。

出るのかって？　出ますともッ！　あー、いや……まだ詳細は決まっていないですけど。ムービックさんから今年の冬くらいかな。ふふふ……あれやこれや想像しながらシナリオを書くのが、今からすっごく楽しみです。それから、なんと、別口で全員サービスのドラマＣＤが企画中。秋以降の『Ｃｈａｒａ』本誌をチェックしてネ♡

今年は、夏からドラマＣＤが連続してガツガツ出る予定なので、吉原的には幸せがいっぱい詰まった後半戦になりそう♡

――で、今年もやります。自分に御褒美第二弾、自費出版ドラマＣＤ、ミカエル＆ルシファー『暗闇《サタン》の封印・上巻』です。無謀は承知の二枚組（笑）……の予定。いや、もう、とことんやってやるぜ（笑）――かな。

こちらも詳細は未定なので、これから出る他社様の（徳間さんゴメンなさい）文庫の『あとがき』などでこっそりチェックしていただけると嬉しいです。

そして。この本と同時期に、クリスタル文庫『間《あい》の楔《くさび》Ｖ』も出てるはず……です。

最後の最後になってしまいましたが。円陣闇丸《えんじんやみまる》様、いつもありがとうございます。今回はほんっとに極道なスケジュールで申し訳ありませんでしたッ（大汗）。

それでは、また。次でお会いできることを祈って……。

平成十八年　五月

吉原理恵子

この本を読んでのご意見、ご感想を編集部までお寄せください。

《あて先》〒105-8055　東京都港区芝大門2-2-1　徳間書店　キャラ編集部気付
「攣哀感情」係

■初出一覧

Chara

攣哀感情

【キャラ文庫】

2006年6月30日 初刷
2011年7月20日 6刷

著者 吉原理恵子
発行者 川田 修
発行所 株式会社徳間書店
〒105-8055 東京都港区芝大門2-2-1
電話048-451-5960(販売部)
03-5403-4348(編集部)
振替00140-0-44392

印刷・製本 図書印刷株式会社
カバー・口絵 近代美術株式会社
デザイン 海老原秀幸

ISBN978-4-19-900399-8